KB232421

魔皇至尊 마황지존

김의성 新무협 판타지 소설
FANTASTIC ORIENTAL HEROES

마황지존 1

김의성 新무협 판타지 소설

초판 1쇄 찍은 날 § 2009년 1월 22일
초판 1쇄 펴낸 날 § 2009년 1월 31일

지은이 § 김의성
펴낸이 § 서경석

편집장 § 문혜영
편집책임 § 정서진

펴낸곳 § 도서출판 청어람
등록번호 § 제1081-1-89호
등록일자 § 1999. 5. 31
어람번호 § 제2-1666호

주소 § 경기도 부천시 원미구 심곡2동 163-2 서경B/D 3F (우) 420-822
전화 § 032-656-4452 팩스 § 032-656-4453
http://www.chungeoram.com
E-mail § eoram99@chol.com

ⓒ 김의성, 2009

ISBN 978-89-251-1662-4 04810
ISBN 978-89-251-1661-7 (세트)

FANTASTIC ORIENTAL HEROES

마황지존

魔皇至尊

김의성 新무협 판타지 소설

目次

皇 마황지존
魔 至 尊

천마지존(天魔至尊) 갈천석.

만마련의 대련주이자 마도무림 정상을 대표하는 다섯 고수인 오대마종의 일인으로 젊었을 땐 온갖 패악을 부리며 살아 수많은 악명과 전설을 남겼다.

그의 나이 칠십에 이르러 세상의 모든 무림인이 인정하는 무림 최강의 자리에 우뚝 올라선다.

정파무림을 대표하는 십대고수 중에서도 특히 으뜸의 실력을 지녀 삼무성(三武星)이라 불리는 소림의 투승(鬪僧), 무당의 검선(劍仙), 남궁세가의 검왕(劍王), 이들 세 명의 절대고수는 휘하의 제자와 정파의 고수들을 이끌고 독행천하를 행하는 천마지존에게 도전하였고, 비참한 패배를 맞이하였다.

천마지존은 삼무성 세 명과 동시에 진검승부를 벌였음에도 승리를 얻어낸 것이다.

하나 승리한 천마지존 역시 사정은 그리 좋지 못했다.

천마지존은 마도무림의 상징인 천년마교의 한 갈래에서 떨어져 나왔으나 현재엔 천년마교를 능가한다는 세력을 지닌 만마련의 대련주 신분이다.

실상은 만마련 내엔 제대로 된 고수는 거의 없고 숫자만 많을 뿐인 조무래기들뿐이라 혈혈단신이나 마찬가지였다.

그런 사정이 있었기에 정파무림의 십대고수 세 명과 동시에 싸워 승리를 거두었으나 천마지존 또한 내상을 입었다.

그로 인해 승리를 마무리 짓지 못한 채 삼무성이 이끌고 온 정파의 세력에 쫓겨 도망쳐야만 했다.

"썩을! 불리하다고 치사하게 쪽수로 밀고 들어오다니! 그러고도 너희들이 자칭 정파라고 말하는 것이냐! 니미랄! 비겁한 놈들 같으니라고! 두고 보자! 나중에 이 원한을 꼭 갚겠다!"

천마지존은 자신의 완전한 승리를 인정하지 못하고 방해하는 정파무림에 이를 갈았고, 시간이 흐를수록 분통이 터진 끝에 정파에 대한 복수와 마도천하를 꿈꾸며 자신과 뜻을 함께하는 이들을 모아 대업을 시작한다.

천마지존은 마도의 그 성질상 하나로 뭉치기 어렵다는 마도천하를 이루기 위해서 무림에서도 강하고 악명 높기로 유명한 마도 문파 및 마인들을 찾아가 힘으로 굴복시키고 자신의 휘하로 거두거나 끝내 굴복하지 않는 이들은 그 자리에서 때려죽여 버렸다.

마도의 어떠한 고수도 마도 최강의 천마지존을 당해내지 못하였다.

마도 최강을 대표하는 가공할 힘으로 차례차례 마도 문파와 마인들을 흡수하여 그 세력을 점차 넓혀가기 시작했다.

그렇게 천마지존이 꿈꾸던 마도천하의 목적이 이루어지나 싶었는데, 재수없게도 예상치 못한 장벽을 만나고 말았다.

어디서 듣도 보도 못한 나이 어린 애송이가 나타났다.

천마지존은 이건 또 뭐냐는 눈으로 자신의 앞을 가로막은 애송이와 충돌하였고, 비참한 패배를 맞이하였다.

천마지존이 받은 충격은 생각 이상으로 컸다.

"이럴 수가! 다름 아닌 내가 패배하다니. 하나 마도천하의 꿈은 사라지지 않았도다. 내가 꿈꾸었던 마도천하를 이루어 줄 진정한 마인을 만나고 말았도다."

천마지존과 싸워 승리를 얻어낸 어린 애송이는 정파무림의 영웅이 아니라 마도무림계의 신진고수였던 것이다.

장강의 뒷 물결이 앞 물결을 밀어내듯이 천마지존과 싸워 승리한 젊은 마도고수는 마도의 새로운 최강자로 등극하며 마도인들에게 두려움과 공경, 그리고 그들의 꿈과 희망을 담아 마황(魔皇)이라는 거창한 별호로 불리게 되었다.

마도인들은 마황이 싸움에서 패배한 천마지존을 대신하여 무림을 정복하고 마도천하를 이루기를 원하였다.

천마지존이 거두었던 만마련의 모든 마인도 마황에게 충성을 다짐하였는데 정작 마황은 아무도 모르게 모습을 감추었다.

마도무림의 많은 이들은 마황의 실종에 당황하며 모든 수단방법을 동원하여 사라진 마황의 흔적을 찾으려 하였다.

마황을 찾으려는 이들 중에는 마황과 싸워 패배한 천마지존도 있었다.

천마지존은 마황과의 싸움으로 큰 내상을 입어 자칫 전성기의 힘을 되찾지 못할 위험이 있었음에도 불구하고 전혀 몸을 사리지 않았다.

"반드시 마황을 찾아야 한다! 마도천하의 꿈이 그의 손에 달려 있다!"

마도천하를 꿈꾸는 모든 이의 힘겨운 노력에도 불구하고 모습을 감춘 마황은 끝내 모습을 드러내지 않았다.

第一章
혈마와 만나다

皇
魔至尊
마황지존

나의 이름은 백무용.

열여섯 살이다.

어릴 적 나는 무림인이 되고 싶었다.

정의를 행하는 협객이 되고 싶었다.

친구의 개인 서재에서 우연히 찾아 읽게 된 무협 소설을 읽으며 소설 속 주인공이 뛰어난 무공으로 악행을 저지르고 무림지배를 꿈꾸는 사악한 악인을 물리치고, 약한 이들을 구원하는 정의의 협객의 모습에 큰 매력을 느꼈다.

나이를 먹고 어른이 되어가면서 무림인 중에 진정한 의미의 협객은 거의 없다는 것을 알게 되었지만, 그래도 신경 쓰지 않았다.

스스로가 염원하던 협객이 되어 누구보다 훌륭히 살아가면 된다고 생각한 것이다.

하지만 협객이 되기는커녕 무림인조차 되지 못했다.

무공에 대한 재능이 전혀 없었기 때문이다.

그나마 다행인 점은 인맥 운이 있다는 점이었다.

어머니 친구 분의 아들인 당문천의 연줄로 운 좋게 점창의 속가제자 후보 수련생이 될 수 있었다.

당문천이란 녀석에 대해서는 어머니들 간의 친분을 빼면 그렇게 친하지 않았음에도 친구라며 도와준 것에 무척 고마움을 느끼고 있다.

언젠가 그 친구에게 은혜를 갚고 싶지만 나와는 달리 모든 걸 다 가진 그에게 내가 해줄 수 있는 것이 있을지 모르겠다.

점창의 제자가 된 기회를 얻은 후, 하늘 아래 그 누구보다 열심히는 아니어도 나름 피땀을 흘려가며 무공을 수련하였지만 노력이 무색하게 나는 아무것도 얻지 못했다.

검을 사용해 초식을 펼치는 재능조차 남들과 비교해 보통 이하 수준에 지나지 않았다.

십 년이고 이십 년이고 포기하지 않고 무단히 노력하면 어떻게든 따라갈 수 있을지도 모른다.

거북이마냥 느려 터진 전진이지만 언젠가는 도착할 것이다.

그에 반해 내공은 그야말로 비참하기만 하였다.

내공만큼은 아무리 노력해도 이루어지지 않았다.

몇 년을 죽어라 수련해도 단전에 단 한 줌의 내력조차 모이지 않았다.

대자연의 기운은 똑똑히 느낄 수 있었는데 단전 안에 내공을 연성하는 기본 중의 기본이 안 되는 것이다.

아무리 노력해도 내공은 성장하지 않았다.

내가 가진 유일한 능력이라고 할 수 있는 친구의 인맥으로 고강한 내공을 지닌 분을 만나 직접 무공 수련을 도와주었지만 그럼에도 결과는 이루어내지 못했다.

"허허, 너는 재능이 없구나."

고마우신 분은 나에게 미안한 듯 그 말을 남기며 떠나갔다. 내가 오히려 미안할 지경이었다.

세상엔 간혹 나 같은 사람이 있다.

천생 무골이나 천무지체(天武之體)라고 해서 다른 누구보다 쉽게 몸이든 머리든 무공의 이치를 깨달아 고수가 될 수 있는 천재가 있는 반면, 나처럼 아무리 노력해도 내공을 수련하지 못한 둔재도 있는 것이다.

결국 난 쫓겨나는 것과 다름없이 점창에서 나와야만 했다.

하산하면서 계집처럼 울음을 터뜨렸지만 그렇다고 무공에 재능이 없는 더러운 운명이 바뀌는 것은 아니었다.

"후우! 이제 어디로 가야 하지? 이대로 고향에 있는 부모님에게 돌아가기엔 정말 면목이 없는데……."

무림인으로 성공하겠다며 힘들게 부모님을 설득하고 어머니 친구의 아들이자 친구인 녀석의 연줄로 고개를 숙여 부탁해서 겨우 점창에 의탁한 것인데, 무공에 재능이 없다는 이유로 속가제자조차 못 된 채 이렇게 점창에서 쫓겨난 것이다.

이대로 아무것도 이루지 못한 채 집으로 돌아갈 수는 없었다.

점창이 안 되면 다른 문파라도 찾아가 볼까도 생각해 보았지만 무공에 재능이 없는 나를 받아줄 곳이 과연 있을까?

재능 부족으로 점창에서 쫓겨난 나를 다른 문파에 소개해 줄 인맥조차 없었다.

이러지도 저러지도 못한 채 한동안 태을 노사님이 주신 노잣돈으로 하루하루를 연명하였다.

고생스러워도 밖에서 노숙하며 먹을 것도 안 먹고 최대한 아끼고 아꼈다.

점창에서 배운 기초적인 검술과 내공을 수련했지만 큰 성과는 없었다. 결국 태을 노사님이 주신 노잣돈은 전부 바닥이

나버렸다.

입에 풀칠하기 위해서라도 돈을 벌어야 하는데 어릴 적부터 무림인이 되기 위해 수련만 해온 나다.

어떻게 돈을 벌어야 할지 감이 잡히지 않았다.

점소이조차 아무나 하는 것이 아니었고, 객잔을 찾아가도 시켜주지 않았다.

점소이 같은 하찮은 일에도 그 나름의 인맥이나 뒷돈이 필요했다.

일자리를 구하지 못하니 거지처럼 구걸이라도 해야 하는데, 한심한 나는 꼴에 무림인이라고 자존심 때문에 구걸도 하지 못했다. 순간 정파의 하나인 개방도가 되는 것이 좋지 않을까 생각한 적도 있지만 거지 중에 누가 개방도인지 알 수가 없었다.

설사 운 좋게 만났다고 해도 개방이 받아주지 않을 것 같았다.

이래저래 삼 일을 굶자 머리가 핑핑 돌며 정신이 어떻게 될 것 같았다.

협객이고 무림인이고 뭐고 간에 굶어 죽을 것 같아 모든 걸 포기하고 집으로 돌아가고 싶어졌다.

내가 생각해도 나 자신이 참으로 한심했다.

"하아! 사는 게 뭔지……."

결국 모든 걸 포기하고 집으로 돌아가려는데 순간 전신에 검은 옷을 뒤집어쓴 무지하게 수상한 사람이 나타나 앞을 가로막았다.

"아!"

나는 놀란 표정으로 앞을 가로막은 흑의인을 물끄러미 바라보았다.

이때 나는 눈앞의 인물의 위험성을 눈치채고 어떻게든 도망쳤어야 했다.

아니, 마주친 순간 도망치기에는 너무도 늦어버렸다.

나의 운명은 최악으로 결정된 것이다.

흑의인은 한눈에도 사악함이 물씬 느껴지는 미소와 함께 뿜어져 나오는 악의가 나를 짓누르고 압박하고 있었다.

"으으……."

흑의인의 살기에 나도 모르게 두려움에 가득한 신음을 토해내었다.

세상에 노골적인 악의를 담은 기세로 사람을 압박할 수 있는 부류는 두 종류밖에 없었다.

무림인. 그중에서도 사파인과 마도인.

흑의인이 둘 중 어느 쪽의 사람이든 정파인으로서 물러설 수는 없지만, 며칠이나 굶어 싸울 힘이 없었다.

설상가상으로 먹을 것을 사기 위해 가지고 있던 검도 팔아서 없었다.

설사 굶주리지 않고 검이 있다고 해도 제대로 싸울 줄 아는 주먹 패라도 만나면 피를 보는 것은 다름 아닌 나였다.

결국 흑의인에게서 물러나며 중얼거렸다.

"먼저 지나가세요."

그것이 실수였을까?

흑의인은 내 얼굴을 스윽 바라보더니 옆으로 피한 움직임에 맞추어 다시 앞을 막아선 것이다.

뭐지?

이상하다는 생각이 들면서도 다시 흑의인을 피해 옆으로 이동, 뒷걸음질쳤지만 흑의인은 이번에도 나의 움직임에 맞추어 움직이며 다시 앞을 막아섰다.

흑의인에 대한 두려움은 더욱 커질 수밖에 없었다.

"저, 저에게 무슨 볼일이 있습니까?"

두려움이 가득 느껴지는 물음에 흑의인은 자신의 전신을 감싸고 있던 흑의를 거두어 얼굴을 밖으로 드러냈다.

눈에 들어온 것은 온통 붉은색이었다.

어째서인지 모르겠지만 머릿속에서 저건 온통 피라는 생각이 떠올랐다.

"커억!"

갑자기 찾아온 복부의 격통에 신음을 토해냈다.

거지에게 구걸해서 먹었던 찬밥을 전부 토할 것만 같았
다.

나는 몸을 가누지 못하고 엎어져 땅바닥에 얼굴을 처박았
다.

지금 무슨 일이 일어났는지 판단할 수가 없었다.

고통이 너무 심해 숨이 콱콱 막혀오는 가운데 몸이 공중으
로 떠오름을 느낄 수 있었다.

복부의 격통과 다른 의미로 목이 졸리면서 숨통이 막혀왔
다.

흑의인이 땅바닥에 널브러진 나를 향해 손을 내뻗어 목덜
미를 붙잡더니 믿어지지 않는 억센 힘으로 번쩍 들어 올린 것
이다.

"으으……."

나는 아무것도 하지 못한 채 그저 신음만 토해낼 수밖에 없
었다.

아아, 정말 한심하다.

내가 제정신이었다면 이런 나에 대해 그렇게 생각했을 것
이다.

훌륭한 무림인이 되겠다던 나는 무공을 익히지도 못한 채
수상한 흑의인을 만나 곤욕스러운 일을 치르며 두려움을 느
끼고 있는 것이다.

한편 흑의인은 나의 몸을 바로 세우고 얼굴을 내밀어 몸 이
곳저곳을 더듬더니 무엇이 재미있는지 폭소를 터뜨렸다.

"하하하! 하늘이 나를 돕는구나! 천기자 그 사기꾼의 말이
사실이었단 말인가? 뻥치기 말라고 두들겨 패서 반죽음으로
만들었는데, 이거 정말 미안해지는걸! 어쨌든 원하는 것을 찾
아냈다!"

흑의인의 추행에 죽음의 공포와는 다른 두려움을 느끼며
전신을 부르르 떨다가 흑의인의 얼굴을 확인하였다.

흑의인이 얼굴을 드러내는 순간 왜 피를 연상시키는 붉은
색을 보았다고 느꼈는지 깨달을 수 있었다.

말 그대로 붉은색이었기 때문이다.

물론 흑의인의 피부 자체는 정상이었다.

지금까지 만나본 어떤 여자보다도 하얗고 여드름이나 잡
티 하나 없이 무척이나 깨끗하고 부드러워 보였다.

다만, 피부와 달리 눈동자가 토끼처럼 붉었다.

머리카락도 피처럼 붉었다.

도끼로 머리를 쪼개면 피가 콸콸 쏟아져 나올 것만 같았다.

입술 또한 방금 쥐라도 잡아먹은 듯 선명한 붉은색이 보는
이로 하여금 무서움을 느끼게 만들었다.

방금 전까지 사람의 목을 물어뜯어 피를 마신 것 같아 섬뜩
했다.

"마도인(魔道人)!!"

목이 졸리는 고통도 잊은 채 소리쳤다.

이야기로만 들었던 마도인을 만나고 만 것이다.

나중에 알게 된 사실이지만 붉은 눈동자와 머리를 가진 그는 마도무림 최강, 최흉의 오대마종 일인으로 사람의 피를 보는 것을 즐기는 가장 흉포하고 잔인한 마도인이었다.

혈마(血魔).

오대마종의 일인이자 마도 최강 천마지존(天魔至尊) 갈천석 다음으로 무공이 높은 고수라고 한다.

"네놈의 이름은 뭐냐? 아아! 이름 따위, 아무래도 상관없다. 너는 혈마의 제자가 되는 거다! 하하하하!"

"뭐라고?!"

혈마라는 흉명에 놀라 소리쳤다.

마도무림에서도 악명 높기로 유명한 살인마!

입고 있는 흑의와 여자보다 하얀 피부만 제외하면 온통 붉은 것이 혈마가 떠오르긴 했지만 진짜 그 혈마일 줄은 생각지 못했던 것이다.

덕분에 혈마에게 싸대기를 수차례 얻어맞게 되었다.

"이 자식아, 감히 누구 앞에서 소리치는 거야?!"

목덜미를 붙잡힌 채 공중에 둥둥 떠 주먹으로 얼굴만을 집중적으로 때렸다.

나는 혈마의 주먹질에 얼굴이 변형될 정도로 퉁퉁 부은 채 코피를 쏟아내고 말았다.

"으으으……."

비명조차 지를 힘이 없어 가늘게 신음을 토해냈다.

혈마는 그런 나의 모습을 확인하고 나서야 기분이 풀린 듯 정말 즐겁게 웃으며 손을 거두었다.

"하하하! 다음부턴 내 앞에서 말대답하지 마라. 앞으로 나의 말에 절대 복종하는 거다."

혈마는 자신이 할 말만을 한 후 나의 몸을 질질 끌고 가기 시작했다.

나는 두려운 마음에 누군가 도와줄 사람을 찾았지만 주변엔 아무도 없었다.

무협 소설에선 위험한 상황에 빠진 이에게 정의의 협객이 나타나 구해주곤 하는데, 역시 현실은 달랐다.

중원 전체를 배경으로 협객을 찾으려 하면 아주 없지는 않겠지만 몇 안 되는 협객이 도움이 필요한 사람 앞에 나타나진 않는 것이다.

설마 나타난다고 해도 상대가 혈마였으니 순식간에 살해 당하고 말 것이다.

혈마를 감당하기 위해선 정파를 대표하는 십대고수나 그에 비견되는 고수의 집단이 필요했다.

"앞으로 너는 나의 제자이다. 나의 제자가 된 것을 영광으로 알아라. 하하하!"

혈마는 광소하며 당사자의 의사조차 물어보지 않은 채 제자로 공언해 버렸다.

나는 그에 대해 궁금증을 느끼지 않을 수 없었다.

자랑은 아니지만 나는 무공에 대한 재능이 일절 없는 몸이다.

"어째서 저 같은 걸 제자로 삼으려는 겁니까?"

제자로 삼는다고 공언하는 것으로 보아 지금 당장 죽이진 않을 것 같았지만 두들겨 맞을 각오로 용기를 내어 물어보았다.

혈마는 유쾌한 듯 웃으며 물음에 대답해 주었다.

"과연 천무지체(天武之體)!"

천무지체?!

지금 이 양반이 무슨 헛소리를 하는 거지?

머릿속에서 의문이 더욱 깊어지는 가운데 혈마는 의문을 풀어주려는 듯 다음 말을 이어 나갔다.

"…라는 말이 있지."

"저도 천무지체에 대해선 들어본 것 같습니다. 하지만 그게 저와 무슨 상관이라도 있는 겁니까?"

천무지체는 어떤 무공이든 쉽게 익혀 고수가 될 수 있는 하늘이 내려주신 천부적인 육체. 그런데 나는 어떤 무공도 제대로 익히지 못하는 무용지물이 아닌가.

"후후후, 어떤 무공이든 쉽게 이치를 깨닫고 수련 여하에 따라선 고수가 될 수 있는 육체가 바로 천무지체란 말이야."

"설마 제가 천무지체?"

혈마는 무슨 황당한 소리를 하느냐는 표정을 지으며 고개를 내저었다.

"바보냐? 네놈 따위가 천무지체일 리가 없잖아."

"그럼……?"

"세상에는 천무지체 말고도 천마지체라는, 마귀가 사는 땅속 지옥의 축복받은 육체가 있지."

"천마… 지체?"

하늘이 아닌 지옥의 축복을 받은 육체?

그건 또 뭐지?

처음 들어본 말이었다.

예나 지금이나 마도고수 중에서 천마가 들어가는 별호를 가진 이가 있다는 말은 들어본 적이 있지만 천마지체란 말은 들어보지 못했다.

"그래. 천마지체는 천무지체와 달리 모든 무공은 아니지만 마공에 한에서 누구보다 쉽게 이치를 깨닫고 마공의 고수가 될 수 있는 아주 좋은 몸이다."

"설마 제가 천마지체란 말입니까?"

"그렇다! 네놈이 바로 천마지체다! 그러니 고금제일의 마도고수인 본좌의 제자가 되어 고금제이의 마도고수가 되는 것이다! 하하하하!"

혈마는 마공에 한에선 천무지체와 비견된다는 천마지체를 가진 제자를 얻었다는 생각에 기뻐하며 광소하였다.

믿을 수 없는 말에 당사자인 나는 정신적인 충격에 빠지지 않을 수가 없었다.

"이럴 수가! 내가 어떠한 마공도 쉽게 깨우쳐 마도의 절세고수가 될 수 있다는 천마지체라고? 하하, 거짓말이겠지."

나는 허탈하게 웃으며 중얼거렸지만 마도고수로 보이는 혈마는 강하게 확신을 하며 제자로 삼으려 하기에 한심하고 무력한 나로서는 어떻게 할 수가 없었다.

나는 사악한 마도인을 물리치는 협객이 되고 싶었을 뿐, 결코 마도의 절세고수가 되고 싶었던 것은 아니었다.

"어째서 나에게 이런 일이……."

결국 꿈꾸었던 정의로운 협객의 길에서 벗어나게 되었다.

협객이 되기는커녕 평범한 무림인조차 되지 못했다.

마도무림의 악명 높은 오대마종 중 하나인 혈마의 제자가 되어 마공을 전수받아 마도의 절세고수가 되어 무림에 온갖 악명을 떨치게 되는 것이다.

내 인생은 이제 끝이다.

第二章
사형 장자랑

魔皇至尊
마황지존

혈마의 제자가 되고 나서 알게 된 사실인데 마도인이라고 전부 나쁜 놈은 아니었다.

물론 사부로 자처한 혈마가 착하다는 것은 아니다.

혈마는 마도의 고수 이전에 진실로 흉악하고 흉포하고 잔인하여 사람의 피를 보는 것을 좋아하는 마인이 틀림없었다.

용기를 내어 마도인이 될 수 없다는 나에게 '너 이 자식, 감히 내 말을 거역하는 거냐? 은근히 짜증나는 놈이구나' 라고 소리치며 예의 얼굴만을 집중적으로 변형되어 피를 볼 때까지 두들겨 패기 일쑤였다.

그나마 제자로 삼았기에 죽이지 않았을 뿐이다.

그 외는 자신의 잔인한 본성을 숨기지 않았다.

혈마는 피처럼 붉은 자신의 눈동자와 머리카락을 숨기기 위해서 흑의를 푹 뒤집어쓰고 다녔는데, 이게 또 눈에 띄는 복장이라 미친놈 혹은 마도인이라고 말하고 다니는 것이나 다름없었다.

마도인은 아니라 해도 최소한 죄를 지어 현상금이 붙은 사파인이라 자랑하고 다니는 꼴이었다.

그런 이유로 현상금을 노린 낭인이나 자신의 명성을 높이기 위해서 적당한 악인이나 마도인을 찾아다니는 정파인들이 자주 접근하였다.

혈마는 그때마다 화를 내며 정의의 협객을 꿈꾸던 나에게 세상은 사실 시궁창, 생명의 존엄성 따위는 없다는 것을 가르쳐 주려는 듯 아무렇지도 않게 살인을 저질렀다.

죽여도 그냥 죽이는 것이 아니라 손을 가볍게 휘두르면 붉은 기류가 퍼져 나갔다.

그 붉은 기류에 의해 정파인들의 육체는 갈기갈기 찢기며 허공으로 피와 내장을 뿌리는 것이 잔인하기 그지없었다.

혈마 정도의 고수라면 꼭 잔인하게 죽일 필요도 없었지만 일부러 자신의 성격이나 취향에 맞추어 잔인한 수법으로 사람을 죽이는 것 같았다.

혹의로 자신의 정체를 숨기는 것도 적을 두려워해서가 아니라 자신이 혈마라는 것을 숨김으로써 자신을 노리는 멍청한 제물을 끌어들이려는 것 같았다.

"우에엑!"

가까운 곳에서 혈마가 저지른 살인과 그 시체를 보고는 그만 참지 못해 토악질을 하곤 하였다.

그런 약한 모습을 보일 때마다 혈마는 불같이 화를 내며 소리쳤다.

"너, 이 자식아! 고작 사람의 피와 내장이 허공에 휘날리는 것 가지고 토하고 지랄인 것이냐! 마도제일인인 본좌의 제자가 비위가 약해도 너무 약해!"

혈마는 그렇게 말하며 담력을 키워주겠다는 이유로 주먹으로 두들겨 패기 시작했다.

혈마에게 두들겨 맞으면 아픈 것을 넘어 뼛속까지 고통스럽기 그지없었지만 끔찍한 장면을 잊을 수 있다는 사실에 차라리 마음이 편하기까지 하였다.

다시 이야기를 처음으로 돌려 혈마가 악인 중의 악인임을 인정하지만 그와 별개로 마도인이라고 해서 반드시 악인이나 나쁜 놈만 있는 것은 아니었다.

혈마는 나를 데리고 마교의 본거지가 있다는 십만대산 어딘가에 자리 잡은 자신의 거처로 데려갔다.

세상은 넓고 사람이 많듯이 십만대산이라는 곳도 아주 넓은 곳이라 십만대산에 반드시 마교인만 사는 것은 아니었다.

　사악한 마공을 몸에 지닌 마도인이 마교인들과 공생하며 살아가고 있었다.

　마교가 자신의 품 안으로 도망친 마도인을 감싸준 형상이었다.

　혈마는 그러한 마교를 우습게보는 경향이 있었다.

　"그놈들은 중원무림에선 마교라고 불리지만 허세만 가득할 뿐 진정한 마도인이 아니야. 그러니까 나의 제자가 된 너도 무시해라."

　"……."

　마교나 마도인이나 똑같은 곳이었기에 혈마의 충고가 귀에 들어오지 않았다.

　한편 혈마의 거처엔 나 말고도 혈마가 제자로 삼은 이가 또 있었다.

　나에겐 일단 사형이라고 할 수 있었다.

　그의 이름은 장자량.

　나보다 네 살 많은 스무 살의 청년으로, 밖에 나가면 여자깨나 울렸을 것 같은 매끈한 외모를 가지고 있었다.

　두 눈이 살짝 가는 실눈이라 얍삽해 보이는 것이 외모상의 유일한 흠이랄까.

그 외엔 모든 것이 완벽했다.

혈마의 무공을 배워서인지 머리카락에 살짝 붉은 기운이 감돌고 있었지만 불길하거나 섬뜩하지 않고 오히려 멋으로 느껴졌다.

마도인 중에서도 잔인하기로 손꼽히며 최악 중의 최악이라 할 수 있는 혈마의 제자답지 않게 쾌활하고 붙임성이 좋으며 예의도 바라 혈마가 오면 허리를 직각으로 깍듯이 숙여 인사하였다.

"사부님 오셨습니까? 오랜 여행 중에 몸은 건강하셨는지요? 제자는 사부님에 대한 걱정으로 잠을 이루지 못하였습니다."

예의뿐 아니라 혀에 참기름이라도 발랐는지 아부도 능숙하기 그지없었다.

어느샌가 따듯한 차까지 준비하여 쟁반에 담아 공손히 내밀었다.

하긴, 나라도 흉악하기 그지없는 혈마에게 맞아 죽기 싫어서 예의 바르게 행동하고 아부를 했을 것이다.

혈마는 장자량이 자신을 향한 예의 바른 인사나 아부 따위는 코웃음 치며 무시한 후 강제로 끌고 십만대산까지 오느라 기진맥진해진 나를 앞으로 툭 내밀며 말했다.

"나의 제자가 될 녀석이다. 잘 교육해라."

혈마는 그 말을 끝으로 장자량에게 모든 걸 맡기겠다는 듯 나를 남겨둔 채 자신의 거처로 가버렸다.

"난 장자량이라고 한다. 같은 사부를 모신 사형제가 되었으니 잘 지내보자."

장자량의 반가운 인사에 포권을 하고 고개를 숙였다.

"백무용이라고 합니다. 앞으로 잘 부탁드립니다."

혈마에게서 '도망치면 네놈은 물론 네놈의 가족을 찾아내어 죽여 버리겠다!' 라고 매일 협박을 받으며 시달렸기에 결국 도망치는 것을 포기해 버린 상태였다.

하아, 이제 모르겠다.

될 대로 되라지.

처음엔 혈마의 제자인 장자량이 마도인에게 흔히 있는 자신의 사악한 본성을 숨기는 지략형의 인간이거나 혹은 강자에겐 약하고 약자에겐 강한 비열한 인간으로 생각하여 경계심을 늦추지 않았다.

그런 걱정과는 달리 장자량과 사형제로서 같이 생활하다 보니 본성을 숨기는 것도 아니고, 마도인답지 않게 결코 사악하지 않고 의외로 좋은 사람인 것을 알게 되었다.

혈마는 기분만 나쁘면 폭력을 휘두르고 손찌검을 하는 것과 별개로 내 몸이 천마지체라면서 칭찬의 말을 아끼지 않았지만, 실제 자신이 무공을 가르쳐 주는 것은 귀찮은 듯 장자량에게 모든 걸 맡겨 버렸다.

"녀석의 내공 기초를 다져라."

혈마의 명령에 장자량은 다시 허리까지 숙여 극진한 예의를 표하며 대답했다.

"예! 사부님의 명에 따르겠습니다."

그렇게 해서 나는 혈마의 첫 제자이자 사형인 장자량에게 마공의 기초를 배웠다.

장자량은 정말 귀찮은 일을 맡게 되었음에도 결코 귀찮아하거나 성질조차 내지 않았다.

뭐, 무서운 사부이니까. 자신의 속내를 숨겼다고 생각할 수도 있었지만 자신의 사제가 된 나에게 만큼은 마도인의 본성을 드러내며 성질이라고 부릴 줄 알았는데 점창파에서 무공을 배웠을 때보다 더 친절하게 무공을 가르쳐 주었다.

"사제, 이것도 인연이라고 할 수 있으니 앞으로 친하게 지내보자. 나를 형으로 생각하고 모르는 것이 있거나 힘든 일, 궁금한 것이 있으면 언제라도 나를 찾아오라고. 내 힘닿는 데까지 열심히 도와줄 테니까."

장자량이 사형으로서 자신만만하게 도와준다고 말하기에 사양하지 않고 궁금한 점을 물어보기로 하였다.

나는 천무지체와 비견된다는 천마지체라는 믿기 어려운

이유로 혈마에게 강제로 끌려왔다.

무공엔 재능이 전혀 없어 정의의 협객이 되겠다는 꿈은 포기했지만 그래도 정도에 몸담았던 나로서는 탈출을 생각하지 않을 수 없었다.

물론 달리 갈 곳도 없고, 자신의 말을 듣지 않으면 가족을 죽이겠다는 혈마의 협박이 정말 무서웠기에 훗날에 결정할 일이겠지만 유비무환인 것이다.

"여기가 십만대산이라면 정말로 마교가 있는 곳인가요?"

무림애 몸담은 이라면 마교(魔敎)의 본거지가 십만대산에 있다는 사실은 상식이지만, 어디까지나 널려 알려진 지식일 뿐 그것이 진실인지는 알 수 없었다.

만약 마교가 십만대산 안에 자리 잡고 있다면 정파인들은 사악한 마교를 왜 가만히 내버려 두는가 하는 의문이 생겼다.

현실적으로 생각한다면 괜히 건드려 봤자 큰 이득도 없고 오히려 손해를 보기 때문일 것이다.

"하하! 당연한 것을 묻는구나. 답을 말한다면, 이곳 십만대산에 마교는 있다. 이곳에 살게 되면 마교를 믿는 이들을 만날 수 있을 거야. 하지만 그들에게 마교 혹은 마교인이라고 부르는 것만큼은 말리고 싶다. 무척 화를 내니까 말이야."

"왜 화를 내나요?"

마교를 믿는 이들에게 마교인라고 부르는데 어째서 화를

낸단 말인가?

반쯤 쫓겨난 것이나 다름없지만 정파인 점창파에 몸을 담았던 나로서는 이해하기 어려운 말이었다.

"그들은 악마가 아니라 그들만의 신을 모시는 사람들이니까. 그런 그들을 마교인이라고 부르면 그들의 신을 악마라고 비하하는 것이나 다름없지. 종교 모독이라고."

"하지만 마교가 아닙니까? 모두들 그렇게 부르잖아요."

마교가 단순히 아무 이유 없이 종교 탄압을 받은 것이 아니다.

마교, 모든 마(魔)의 시작인 천년마교라 불릴 죄업을 가지고 있었다.

그렇기에 내가 아는 모든 이들은 마교를 마교라 불렀다.

무림의 악명 높은 마도인인 혈마도 마교라고 불렀으며, 심지어 마교에 대해 설명해 주는 장자량조차 마교를 마교라고 자연스럽게 말하고 있다.

그런 의문에 장자량도 이해한다는 듯 고개를 끄덕였다.

"확실히 그렇기는 하지만, 마교의 역사에 대해서 말하지 않을 수가 없군."

마교의 시작은 당연하지만 종교였다.

서역 페르시아에서 태양을 모시는 마니교가 중원으로 넘어왔다고 하는데 정확한 기원은 알 수 없다.

왜냐하면 마교가 중원에 자리를 잡는 동안 페르시아의 마니교만이 아니라 수많은 종교가 뒤섞이고 변화되었기 때문이다.

페르시아 마니교의 교리를 그대로 따라 광명교라 불린 적이 있었다.

시간이 흐르면서 교 내의 사람들이 바뀌고 교리도 바꾸면서 구원교라는 사이비 종교가 된 적도 있었다.

뛰어난 종교 지도자가 나타나 교를 개혁하면서 태양교가 되었다가 자칭 신을 모시는 성녀가 등장하며 성녀를 모시는 성월교가 나타난 적도 있었다.

태양교와 성월교가 교리의 견해 차이로 충돌하고 통합되는 과정에서 일월신교라 불리기도 하였다.

그러다가 어떤 이유로 모든 이들에게 천년마교라 불리는 사건이 일어났다.

어떤 세계든 대중이 원하는 주류와 소수가 원하는 비주류로 나누어지게 된다.

대중이 다른 의미로 힘을 가진 소수의 권력자들을 말하며, 당연히 그들에게 유리한 세상이기도 하다.

비주류 또한 다른 의미로 힘이 약한 이들이 대부분이며 힘이 강한 대중에 의해 탄압받기 마련이다.

중원의 주류는 불교와 도가로서 많은 이들이 믿었고, 그들

중에는 힘을 가진 이들이 존재하였다.

예를 들어 무림의 정신적 지주이자 태산북두라는 소림은 불교다.

소림에 비견된다는 무당은 도가사상의 중심적인 존재이다.

소림과 비견되는 무당파는 도가의 상징이며 구파일방의 대부분이 불교와 도가에 기원을 두고 있었으니 무림은 그들 종교의 영향력에서 벗어날 수가 없었다.

그에 비해 마교는 어디서 듣도 보도 못한 서역의 종교가 들어와 이것저것 마구 뒤섞인, 그야말로 잡종이었다.

인간의 역사를 보면 아무리 잡종이라도 힘이 강하다면 또 달라지겠지만 유감스럽게도 그 당시 마교의 힘은 보잘것없었다.

마교는 자연스럽게 여러 이유를 들어 배척하고 탄압받았다.

어리석은 민초를 선동하여 나라를 뒤집으려 한다거나, 온갖 악행을 저질러 중원무림의 평화를 파괴하려 한다거나, 살인과 약탈, 방화, 가뭄이나 홍수, 전염병의 자연 재앙, 그밖에도 이유는 많았다.

실제 빈약한 교리를 가진 사이비 종교들이 수많은 민초를 등 쳐먹은 죄도 저질렀지만 불교나 도가에서도 여러 사이비

들이 나와 민중을 현혹하여 속여먹는 일이 허다했다.

단지 마교는 힘이 없기에 불가나 도가의 사이비가 저지른 모든 죄업까지 뒤집어쓰고 마교라 불리며 탄압의 길을 걸어갔다.

죄가 있다면 힘이 없다는 것뿐이었다.

"그렇다면 힘을 키우면 되지 않은가!"

태양교와 성월교가 통합된 일월신교의 교주이자 천년마교의 초대 교주인 절대천마는 세상이 자신의 종교를 배척한다면 세상 자체를 뒤엎어 버리면 모든 문제가 해결될 것이라 판단하고 실행에 옮겼다.

교리의 가르침보다 힘을 더 우선시하고 마교와 마찬가지로 대중들에게 배척받지만 강한 무공을 지닌 고수들을 끌어모았다.

당연한 말이지만 절대천마가 끌어 모은 고수들은 많은 이에게 배척받는 만큼 사악하고 질 나쁜 이들이 대부분으로 모두에게 마도인이라고 불리게 된다.

마도인이 저지른 일 때문에 마교 내엔 좋지 않은 문제들이 발생했지만, 절대천마는 진실로 강할 뿐 아니라 뛰어난 지도자였다.

강한 만큼 자신의 욕망과 혈기를 주체 못하는 마도인들을 잘 재어하여 중원무림이라는 공동의 적과 싸우도록 만들어교 내에 생긴 여러 자잘한 문제를 해결해 버렸다.

또한 마도인들의 여러 무공을 모아 몇 단계 발전시킨 무(武)의 대종사이기도 하였다.

천마지존의 천마신공을 포함해 마도의 유명한 상승의 마공은 전부 절대천마가 만들고 발전시켰다.

이것이 천년마교(千年魔敎)의 탄생이었다.

천년마교의 힘은 그야말로 가공하였다.

절대천마의 지도 아래 자기밖에 모르는 마교인들은 일치단결하여 중원무림을 정벌해 나갔다.

무림의 중심이라는 정파는 제대로 대항도 하지 못한 채 물러나기 일쑤였다.

사파 또한 수난을 당하는 것은 마찬가지였다.

천년마교는 정파는 물론 이득을 따지는 사파에게 더욱더 괴롭힘을 받아왔다. 그만큼 원망과 원한이 클 수밖에 없었다.

정파와 사파가 힘을 합하였다. 나라의 하늘이라는 황제조차 생명의 위협을 느끼고 관군을 동원하자 겨우 평수를 이루었다.

천년마교는 원하는 힘을 가졌음에도 뜻을 이루지 못하였다. 오히려 악명과 죄업만을 더욱 드높였을 뿐이다.

이러지도 저러지도 못한 채 전쟁이 지루하게 이어지다가 결국 천년마교의 패배로 끝나 버렸다.

어떤 사람이라도 언젠가는 죽는 법이다.

절대천마는 자신의 뜻을 이루지 못한 채 명을 다하여 숨을 거두었다.

절대천마라는 중심을 잃은 천년마교는 모래성처럼 허무하게 무너질 수밖에 없었다.

위대한 지도자가 죽자 자연스럽게 후계자 싸움이 일어난 것이다.

정사연합과 관군은 그 틈을 노려 반격을 시도하였다.

천년마교는 적의 반격을 이겨내지 못하고 자신들이 차지한 중원의 대지를 버리고 도망치다가 결국 산세가 험준하여 방어하기 쉬운 십만대산에 정착할 수밖에 없었다는 것이 사형 장자량에게 들은 천년마교 역사의 단편이었다.

"믿기 어려운 이야기군요."

정파에 몸담았던 나로서는 진실로 믿기 어려운 이야기였다.

천년마교의 초대 교주인 절대천마가 마도인들을 규합하여 정복전쟁을 일으켜 많은 사람을 고통스럽게 만들었다는 사실은 익히 알고 있었지만 마교가 아무 죄도 없이 탄압받았다는 사실은 정도인인 나로서는 쉽사리 믿을 수가 없었다.

장자량이 진실과 거짓을 적당히 섞어 그럴듯한 말로 나를 속이려는 것은 아닐까?

사형으로서 나에게 무척 친절한 남자였지만 근본은 마도인이며 악명 높은 혈마의 제자였다. 나로서는 쉽게 그를 믿을 수가 없었다.

　장자량의 설명이 계속 이어졌다.

　"그 후에 일어났던 이야기를 하자면 길어지니까 현재의 상황에 대해서 말하겠는데… 흠, 이것 또한 나름 복잡한 이야기다."

　장자량의 얘기는 현 마교, 천년마교가 아니라 일월신교 시절로 돌아갔다.

　일단 십만대산에 모여 살아가고 있지만 신을 섬기는 사람들과 무공을 지닌 마도인은 삶의 방식의 차이로 갈라져 버렸다.

　신(神)과 마(魔)로 나누어진 것이다.

　신을 믿고 섬기는 마교인은 결코 마(魔)가 아니다.

　자신의 목적을 위해 마공을 사용하는 마도인이야말로 진정한 의미의 마(魔)라 할 수 있었다.

　간신히 균형을 이루어 서로 충돌하지 않을 뿐 아니라 일촉즉발의 상황으로 사단이 벌어지지 않은 것은 기적이나 다름없었다.

　천년마교 시절에 절대천마 아래 서로 협력하여 공동의 적과 싸웠다는 인연과 동료 의식도 어느정도 있지만 세상의 어느 누구보다 호전적인 마도인이 과거의 인연 때문에 일월신교를 가만히 내버려 둘 리 없었다.

일월신교 안에 흉악한 마도인들을 막아낼 그 나름의 힘을 가지고 있는 것이다.

마도무림을 압도하거나 공멸하지는 못하겠지만 큰 피해를 입힐 정도의 힘은 충분했다.

마도인은 자신들을 배척한 중원도 아니고 먼 과거 위대한 지도자 밑에서 같이 싸웠던 이들과 충돌하여 피해를 입는 일은 그리 내키지 않았기에 가능하다면 일월신교와 싸우는 일만은 자제하였다.

사실 마도인의 사정은 일월신교와 싸울 입장도 아니었다.

많은 사람을 한자리에 모아두면 자연스레 무리와 파벌이 만들어지고 파벌의 중심엔 힘의 원리로 강자가 등극하기 마련이다.

일월신교 내에서도 교주를 중심인 파벌과 성녀를 중심인 파벌로 나누어져 서로 대립하는 실정이었다.

마도무림 또한 다르지 않았다.

힘을 가진 만큼 파벌 및 세력 싸움은 더욱 극심하고 혼란의 극치에 이르렀다.

가장 강하고 중심적인 다섯 세력 및 고수가 있었다.

마도의 가장 강한 다섯 고수가 오대마종(五大魔種).

오대마종 중에서도 서열 일위의 천마지존은 마도제일의
세력 만마련의 대련주로 자신의 마공에 대한 자신감에 오만
방자하기 그지없어 마도 최강이라 불린다.

실제 그 누구도 마도최강의 천마지존과 대적하지 못했다.

혈마 또한 오대마종 서열 이위로 만마련과 같은 큰 세력은
없지만 홀로 무림을 독행 질주하며 온갖 악행을 저질러 왔음
에도 살아남았다.

그만큼 뛰어난 마공을 지닌 강자라는 증거였다.

그밖에 오대마종의 절대고수가 세 명이나 더 있었고, 중소
세력이 수십으로 나누어져 서로를 견제하였다.

한편 천마지존의 마공은 오대마종을 포함하여 마도무림에
서 가장 강하고 만마련이라는 마도에서 가장 큰 세력을 가지
고 있었으며, 야망 또한 깊어 모두들 천마지존의 움직임에 긴
장하며 눈치를 살피는 실정이었다.

굳이 얌전히 있는 일월신교를 신경 쓸 여유는 없는 것이다.

장자량의 모든 설명을 듣고 혈마가 어째서 나를 제자로 삼
으려 했는지 알 수 있을 것 같았다.

"혈마, 아니, 사부님이 나를 제자로 삼은 이유는 자신의 세
력을 키우기 위해서였군요."

여전히 믿기 어려운 말이지만 마공에 한에선 천무지체에
비견된다는 천마지체의 몸을 가졌다는 나라면 천마지존을 포

함하여 오대마종의 다른 세력과 싸울 때 필요한 존재가 될 수 있을 것이다.

"과연 나의 사제다. 이해력이 좋구나. 우린 사부님을 도와 중원무림의 평정까진 무리겠지만 마도천하만은 이루는 거야."

"……."

한때 나는 정의의 협객, 최소한 제대로 된 무림인을 꿈꾸었으나 무공에 재능이 없어 모두에게 무시당했다.

이런 내가 무림은 물론 같은 마도인들 사이에서도 악명이 높은 혈마의 제자가 되어 마도천하를 이룰 기대주가 된 사실을 기뻐해야 하는 건가, 아니면 울어야 할까.

사형 장자량에게 궁금한 것은 전부 들었고, 빨리 무공을 수련시키라는 혈마의 눈치도 있었기에 어쩔 수 없이 마공을 수련해야만 했다.

"후우! 아무리 마공이라고 하지만 과연 내가 내공을 연성할 수 있을까?"

그 누구보다도 나에게 무공에 재능이 없다는 사실을 잘 알고 있었다.

혈마는 천마지체라고 말했지만 정말일까?

만약 실수로 잘못 찾은 것이라면?

만약 뒤늦게나마 무공에 재능이 없다는 사실을 알게 되면 죽일지도 모른다.

죽는다고?!

순간 찾아온 공포에 몸을 부르르 떠는 가운데 장자량은 혈마의 혈형마공(血形魔功)의 구결을 읊어주고 가부좌를 취하게 하였다.

내가 천재도 아니고 혈형마공의 구결을 암기하는 것은 무척이나 어려운 일이었지만 사형 장자량은 결코 화를 내지 않고 구결을 전부 암기할 때까지 계속해서 읊어주었다.

"너에게 마공은 생소하여 수련하기 어려울 테니 처음은 내가 도와주마."

"도, 도움을 주셔… 서 감사… 합니다."

순간 혈마가 죽일지도 모른다는 생각에 두려워 나도 모르게 덜덜 떨며 대답하였다.

사형 장자량은 그런 나의 어깨를 가볍게 두들겨 주며 유쾌한 목소리로 말을 이었다.

"짜식! 그렇게 긴장할 것 없다. 이 사형만 믿어라."

고작 한마디의 말이었지만 왠지 가슴속이 훈훈해지며 긴장이 풀리는 것은 왜일까?

그렇게 내공 수련을 시작되었고, 장자량의 말대로 확실히 마공이란 나에게 있어서 생소함을 넘어 괴이한 기공임을 알게 되었다.

혈혈마공은 단전이 아니라 피를 만드는 심장 안에 내공을 모으는 말도 안 되는 심법이었다.

심지어 내공의 운행은 임독양맥, 경락이 아닌 혈관을 따라 피와 함께 움직인다.

피와 함께 시작하여 피를 통제하고 결국 피를 지배하는 마공, 혈형마공(血形魔功)!

혈마의 독문무공이자 마도육대마공 중 하나였다.

내공 수련을 시작하자마자 완맥을 통해 뭔가 뜨거운 송곳이 푹하고 파고들었다.

기(氣)다.

사형 장자량이 내공 수련을 돕기 위해서 자신의 내공을 몸 안에 집어넣어 준 것이다.

그동안 내공을 쌓지 못했지만 기를 아예 느끼지 못하는 것은 아니었다.

시작이 반이라고, 기를 느낄 수 있다면 노력만 하면 언젠가는 단전 안에 내공을 모을 수 있다고 점창의 태을 노사님께 배웠지만 아무리 시간이 흘러도, 아무리 열심히 노력해도 내공을 모으지 못했다.

이건 어느 누구의 잘못도 아니다.

나에게 재능이 없을 뿐이다.

무공에 관해선 무능한 나인데 마공이라고 해서 과연 가능할까?

혈마가 쓸모없는 놈이라며 터뜨릴 분노가 무서웠다.

십만대산의 자신의 거처로 오는 길에 찢어 죽인 불쌍한 정파인들의 모습이 떠올랐다.

사형 장자량의 실망한 모습에 왠지 미안한 마음이 들었다.

마도인이지만 사형이라며 동생처럼 친절하게 대해준 사람이다.

머릿속에서 상념이 오가는 가운데 몸 안에 파고든 사형 장자량의 내공은 일반적인 기혈이 아니라 피가 흐르는 혈관을 따라 피와 함께 심장으로 움직였다.

아! 이거…….

순간 혈마의 분노와는 또 다른 두려움이 가슴속에서 솟아났다.

잘못되는 거 아니야?

사형 장자량이 읊어준 구결을 듣고 혈형마공이 일반적인 기혈이 아니라 혈관을 통해 피와 함께 움직이고 단전이 아닌 심장에 내공을 쌓는다는 것을 알고는 있었지만 실제로 경험해 보니 이건 아닌 것 같았다.

내공이 혈관을 관통하는 순간 뭐라 말할 수 없는 느낌이 들었던 것이다.

고통이나 불쾌감을 느낀 것은 아니었다.

다만 정도(正道)에서 벗어나 잘못되어 간다고 느꼈을 뿐이다.

점창의 태을 노사님이 말하길 잘못된 내공 수련은 주화입마(走火入魔)를 일으킨다고 했으며, 주화입마에 이르면 죽거나 잘해야 폐인이 되니 결코 사도에 들어서서는 안 된다고 강조하였다.

"잠······."

내공 수련 중엔 결코 말을 해서는 안 된다는 사실은 익히 알고 있었지만 잘못된 길에 들어서 주화입마에 빠지는 것보단 낫다고 생각하여 장자량에게 입을 여는 순간,

사형 장자량의 내공이 혈관을 타고 움직인 끝에 심장에 도달했다.

두근! 두근! 두근! 두근! 두근!

심장이 빠른 속도로 박동하며 눈앞에 신세계가 나타났다.

아! 이것이 깨달음이라는 건가?

몸의 감각이 일순간 확장되었다.

지금까지 보았던 것은 전부 흐릿한 허상이라는 듯 눈 안에 들어온 모든 것이 뚜렷하고 선명하게 보이기 시작했다.

눈만이 아니라 청각 또한 마찬가지로 상승되었다.

십 장 밖 개미 군단이 움직이는 것이 뚜렷하게 들려온다.

몸 안 피의 흐름이 강물의 거친 물결처럼 느껴졌다.

감각이 상승되었을 뿐 아니라 전신에 힘이 넘쳐흘러 한주먹에 산이라도 때려 부숴 버릴 것 같았다.

내공에 무지였던 내가 한순간에 몇 단계의 경지를 뛰어오른 것 같은 감각이었다.

몸 안에 가득한 힘의 여운에 흠뻑 취한 채 어느 정도의 시간이 흘렀을까?

상승된 감각이 일순간 사라졌다.

사형 장자량이 주입한 내공을 거두었던 것이다.

"어때? 내공 수련에 도움은 되었겠지?"

사형 장자량은 씨익 유쾌하게 웃으며 나에게 첫 마공 수련의 감상을 물었다.

"아, 예! 큰 도움이 되었습니다. 정말 감사합니다."

꾸벅 고개를 숙여 감사를 표하였다.

사형 장자량은 오른손을 들어 어깨를 강하게 내려쳤다.

"짜식! 나에겐 그런 말할 필요 없다니까. 나는 너의 사형이잖아. 친형이나 다름없다고."

장자량의 오른손에 맞은 어깨가 좀 아프긴 했지만 뼈가 부러지거나 근육이 상한 것도 아니었고, 조금 피멍이 들었지만 사제 간의 정이 느껴진다고나 할까.

훈훈한 기운이 가슴속에 맴돌았다.

한때 몸을 의탁한 점창파에선 이제 막 들어온 후배에게조차 무능한 놈이라며 무시당했는데.

마도인, 그것도 사악한 혈마의 제자에게 이런 기분이 들다니.

가슴속의 혼란을 수습하고 사형 장자량의 말에 대답했다.

"그래도 고마운 건 고마운 거지요."

장자량은 자신의 양손을 교차해 팔짱을 끼고는 고개를 내저었다.

"후후, 그렇게 고맙다면 나중에 한턱내라고."

"그걸로 되나요?"

"응. 그걸로 충분해."

"그럼 나중에 기회가 되면 한턱내겠습니다."

어쩔 수 없이 혈마의 제자가 되어 마공을 배우게 되었다.

마도인이 될 생각은 없었지만 마도인답지 않은 장자량이라면 술을 한잔 사주는 것도 나쁘지 않으리라.

장자량이 구결을 읊어주고 직접 자신의 내공을 주입하는 등 도와주었기에 이후로는 혼자서 수련해야만 했다.

잘할 수 있을까?

무공에 무능한 내가?

그런 불안감도 잠시.

어라?

내가 생각한 것 이상으로 잘되었다.

혈형마공의 구결에 따른 호흡법을 통해 대자연의 기를 느끼고, 그것을 몸 안에 흡수하여 기혈이 아닌 혈관으로 유도하였다.

점창에서 내공을 수련할 때는 기를 느낄 수는 있어도 단전 안에 담아내지 못했다. 조금이라도 정신 집중이 떨어지면 그대로 흩어져 버리곤 했다.

혈형마공은 달랐다.

마치 당연하다는 듯이 그대로 심장에 장착되었다.

"어어?!"

나 스스로가 놀라 소리쳤다.

보통 내공 수련 중에 입을 열거나 말을 하게 되면 그곳을 통해 내공이 빠져나가는데, 심장의 내공은 완전히 자리를 잡았다는 듯 한 줌의 진기조차 몸 밖으로 나갈 생각을 하지 않았다.

"말도 안 돼!"

너무 놀라 소리쳐도 심장 안의 내공은 흩어져 밖으로 배출되지 않았다.

이럴 수가!

설마 정종의 내공심법이 아니라 육대마공 중 하나인 혈형마공이기 때문에?

그렇다면 마공이라면 어떤 무공이든 쉽게 연성할 수 있는, 과연 천무지체의 하늘이 내린 재능과도 비견되는 천마지체였다는 것이 맞단 말인가?

혈마의 황당한 말이 정령 사실이었단 말인가?

머릿속에 맴도는 이런저런 생각을 뒤로한 채 다시 내공 수련에 박차를 가했다.

이러니저러니 해도 태어나 처음 느껴보는 성취감은 여러 잡생각을 무시할 정도였다.

전에는 아무리 노력해도 안 되었던 내공 수련이 마공으로 바꾸었을 뿐인데 이렇게나 잘되어가니 정말이지 기분이 좋지 않을 수 없었다.

호흡으로 기를 몸 안에 모은다.

임독양맥, 기경팔맥이 아닌 혈관으로 내공을 일주천하고 심장에 담는다.

한 번 내공 운기를 성공한 후에는 막힘이 없었다.

기를 모은다.

혈관을 따라 일주천한다.

마지막으로 심장에 담는다.

일련의 작업을 반복했다.

무아지경에 빠진 채 정신없이 운기행공하다가 겨우 정신을 차려 눈을 뜨는 순간 깜짝 놀랄 만한 것을 보게 되었다.

"여!"

바로 눈앞에서 붉은색의 무언가가 손을 들어 인사를 해오니 나는 놀라 소리치지 않을 수 없었다.

붉은색의 정체는 다름 아닌 혈마였다.

사형 장자량도 혈형마공을 수련하여 머리카락에 붉은 기운이 감돌긴 하지만 고작 삼단계라 그리 흉하진 않았다.

혈마는 혈형마공의 극성에 이르렀고 그만큼 부작용도 커서 피부를 제외하고 몸 전체가 온통 붉은색이라 언제 보아도 섬뜩했다.

"흥!"

놀란 외침에 혈마는 기분이 상한 듯 코웃음 치며 손을 내뻗어 나의 머리를 꽉 붙잡았다.

나는 본능적으로 혈마의 손에서 도망치려고 했지만 절대고수의 손에서 벗어나기란 요원한 일이었다.

"으윽!"

조이는 압박에 머리가 부서질 것 같은 강렬한 고통을 느끼며 나도 모르게 신음을 토해냈다.

"후후후."

혈마는 내가 느끼는 고통은 전혀 신경 쓰지 않았다.

오히려 다른 이의 고통이 즐겁다는 듯 웃으면서 나의 머리를 조이던 손을 거두었다.

"과연 천마지체. 첫 운기행공으로 혈형마공의 일단계에 도달했구나. 보통은 일 년에서 아무리 빨라도 석 달의 시간이 필요한데 말이야."

혈형마공은 모두 구 단계로 나누어지며 일단계는 입문에 지나지 않아 그렇게 대단한 것은 아니었다.

하나 첫 운기행공만으로 일단계에 올라서는 일은 거의 불가능했다.

세상의 어떤 천재라도 첫 운기행공으로 현재 내가 이룬 성과를 얻을 수는 없을 것이다.

물론 나는 점창에서 내공을 배워왔고, 결과를 내지 못했을 뿐 죽어라 노력해 왔다.

그동안의 노력이 헛되지 않고 혈형마공을 수련하는 지금에서야 발휘된 것은 아닐까.

"크크크, 앞으로도 혈형마공의 수련에 매진해라. 천마지체인 너라면 깨달음이 필요한 사단계까진 순식간에 도달할 수 있을 테니까."

혈마는 그 말을 끝으로 볼일이 끝났다는 듯 몸을 일으켜 떠나려 했다. 나는 다급한 마음에 소리쳤다.

오랜만에 혈마를 만났을 때 궁금한 것을 물어보아야 했다.

"사부님, 저는 정말로 천마지체입니까?"

마도무림에서도 악명이 자자하다는 혈마를 사부로 인정한 것은 아니었지만 두들겨 맞아 반죽음당하기 싫으면 사부님이라 불러야 했다.

혈마는 걸음을 멈추었다.

나는 혈마가 성질을 부려 주먹이나 발을 날릴지도 모른다는 불안함이 일었으나 다행히 지금의 혈마는 기분이 무척 좋은 모양이었다.

"사실 네놈이 천마지체인지 뭔지는 잘 몰라. 후후후."

혈마는 뭔가를 떠올리고는 재미있다는 듯 웃으며 말을 이었다.

"천기자라는 천기를 읽고 미래를 볼 수 있는 대신 살짝 맛이 간 영감이 말한 것을 들었을 뿐이다. 천마지체가 진짜인지 아닌지 아무렴 어때. 한 가지 확실한 것은 너는 첫 운기행공으로 혈혈마공의 일단계에 올라섰다. 다시 말해 나만큼 천재라는 거다."

"그럼 사부님도 천마지체이십니까?"

거듭된 물음에 혈마는 기분이 좋은 듯 웃음을 터뜨렸다.

"하하하하! 그렇겠지. 나는 천재니까."

"…그렇군요."

혈마의 과도한 자신감에 나로선 그저 고개를 끄덕이는 수밖에 없었다.

괜히 말대답해 봤자 건방지게 말대답하느냐며 두들겨 맞을 뿐이다.

혈마가 떠나고 다시 수련에 들어가려는데 문득 배가 무지하게 고프다는 것을 깨달았다.

그러고 보니 내공 수련을 시작해서 얼마의 시간이 흘렀던 거지?

내가 느끼던 감각으로는 잠깐에 지나지 않았지만 배가 이렇게나 고픈 것을 보면 생각 이상으로 많은 시간이 흘렀을지도 모르겠다.

"그래, 일단 밥부터 먹자."

자리에서 일어나 연공실에서 나와 밖으로 나가니 사형 장자량이 빗자루를 들고 마당을 쓸고 있는 것이 보였다.

새삼 알게 된 사실이지만 그는 마도인답지 않게 참으로 부지런한 남자였다.

사부인 혈마에 대한 예의가 마치 칼 같은 것은 물론 집 안팎의 청소와 식사도 전부 그가 준비하였다.

직접 본 적은 없지만 무공 수련도 부지런히 할 것이다.

내가 원해서 혈마의 제자가 된 것은 아니었지만 아랫사람이 되어가지고 웃어른인 사형이 혼자서 고생하고 있는 것을 가만히 두고 볼 수만은 없었다.

"사형, 빗자루를 주세요. 제가 하겠습니다."

사형 장자량에게 다가가 빗자루를 받으려 했지만 장자량은 웃는 얼굴로 고개를 내저었다.

"괜찮아. 청소는 내가 할 테니까 사제는 편히 쉬라고."

"하아, 그럴 수는 없잖아요."

"괜찮다니까. 어릴 적부터 해온 일이라 익숙해."

아무리 말해도 사형 장자량은 웃는 얼굴로 고개를 내저으며 절대 빗자루를 건네주지 않고 마당을 쓸었다.

"아, 정말이지……."

어쩔 수 없이 사형 장자량의 것이 아닌 다른 빗자루를 가져와 마당 청소를 도와주려고 했지만 장자량은 어느샌가 마당을 전부 쓸고 잡초까지 전부 뽑아 한곳에 모아두었다.

"사형은 정말 부지런하군요."

장자량에게 감탄했다.

무공의 재능이 없어 점창에서 반쯤 머슴살이를 해왔던 나조차도 사형 장자량의 일솜씨는 따라가지 못할 것이다.

장자량은 별것 아니라는 듯 해맑게 웃는 얼굴로 고개를 내저었다.

"별거 아니야. 매사를 열심히 살아가려고 할 뿐이다."

"허어……."

이 남자, 정말로 같은 마도에서도 기피한다는 혈마의 제자가 맞는 건가?

모르는 사람이 보면 도가의 가르침을 받은 무당의 제자로 생각할지도 모르겠다.

장자량은 청소를 전부 끝내고 나서 주방으로 들어가 빠른 시간 안에 훌륭한 요리를 만들었다.

시간은 이미 하루가 지나 아침.

장자량은 자신이 만든 요리와 밥을 깨끗한 사기그릇에 담아 쟁반에 들고는 도대체 이 시간에 어디에 박혀 있는지도 모를 혈마를 찾아가 자신이 만든 요리와 밥을 가져다주고 돌아왔다.

사부인 혈마를 먼저 대접한 후에 내가 먹을 요리와 밥을 담아주고 맨 나중에 자신이 먹을 요리를 준비했다.

장자량의 그런 행동에 그가 마도인이라는 사실조차 잊은 채 존경스럽고 고마운 마음이 들었다. 동시에 이런 의문이 들지 않을 수 없었다.

장자량과 함께 밥을 먹으며 이런저런 이야기를 나누면서 자연스럽게 궁금한 것을 물어보았다.

"사형 같은 분이 어째서 사부님의 제자가 되었나요?"

손속이 너무나 잔혹하여 같은 마도인에게조차 경원시되는 혈마.

마도인 이전에 혈마의 제자라는 장자량은 믿어지지 않을 정도로 예의 바르고 모든 일에 성실히 행동한다.

윗물이 썩으면 아랫물도 썩는 법이다.

사부가 나쁜 놈이면 제자 또한 나쁜 놈인 것은 당연한 이치.

그런데 사악한 사부 밑에 착한 제자가 존재하고 있었다.

실로 믿기 어려운 일이었다.

나처럼 원치 않았음에도 혈마에게 납치되어 제자가 된 것은 아닐까?

"나는 나의 의지로 사부님의 제자가 되었는데, 나쁘지 않잖아."

"진심인가요?"

"응. 뭐, 사부님이 조금 성질이 있긴 하지만 나름 익숙해지면 좋은 면도 있어."

정체를 숨겨 정파 무인을 유도해서 찢어 죽이며 웃는 인간 같지 않은 인간을 두고 조금 성질이 있는 거라고?

익숙해지면 좋은 면이 있다고?

허어, 장자량 이 남자, 사람이 좋아도 너무 좋은 것이 아닌가.

그는 절대 사악한 마도인이 아니었다.

그야말로 대인(大人)이었다.

第三章
성월교(聖月敎)

皇
魔 尊
至 마황지존

아침 식사가 끝나고 곧바로 무공 수련에 들어갔다.

혈마는 혈형마공의 기초는 어느 정도 완성되었으니까 곧바로 혈형마공의 운용을 배우라 명령하였다.

이번에도 자신이 직접 가르치는 것은 귀찮다며 제자인 장자량에 모든 것을 맡겨 버렸다.

"이번에도 네가 해라."

때문에 장자량은 안 그래도 하는 일이 많아 바쁜데 사제의 무공까지 가르치느라 자기 자신의 무공 수련에 매진할 수 없게 되었다.

장자량은 내가 인정한 대인답게 결코 화를 내거나 하지 않고 사제의 무공 수련을 돕는 것이 당연하다는 듯 밝은 표정으로 고개를 숙였다.

　"사부님의 명에 따르겠습니다."

　혈마의 명령을 받은 사형 장자량은 예의 친절하고 자상한 말투로 혈형마공의 운용법을 나에게 가르쳐 주었다.

　"혈형마공은 단전이 아닌 심장을 중심으로 두고 내공이 피의 흐름과 함께 움직이는 기이한 마공이긴 하지만 운용법의 기본은 다른 심법과 비교해도 크게 다른 점이 없으니까 그리 어렵게 생각하지 않아도 될 거다."

　사형 장자량이 가진 무공의 재능을 말한다면, 나쁘지도 그렇다고 매우 뛰어나지도 않은 평범한 수준이었다.

　여덟 살의 어린 나이에 혈마의 제자가 되어 십이 년간 혈형마공을 수련하고 무단히 노력하여 스무 살의 나이에 되었을 때 삼단계의 경지에 도달하였다.

　일반적으로 일류고수라 불리는 경지에 올라선 것이다.

　또래의 무림인과 비교한다면 상당히 높은 수준이지만, 마도에서도 이름 높은 육대마공 중 하나인 혈형마공을 수련하였다.

　다른 누구보다도 노력한 것을 감안한다면 특출하게 훌륭

하다고는 할 수 없었다.

노력한 만큼 조금씩 발전해 나간다고나 할까.

장자량이 지금까지처럼 계속 노력한다면 당장은 몰라도 중년, 혹은 노년의 나이가 되면 제법 뛰어난 고수가 될 수 있을 것이다.

아주 조금만 노력해도 성과를 얻는 천재도 아니고 아무리 노력해도 무용지물인 둔재도 아닌, 세상에 널린 보통 사람의 대표라 할 수 있었다.

어떤 의미로 보면 내가 가장 되고 싶었던 부류이다.

아무리 노력해도 꿈을 이루지 못한다는 사실에 얼마나 괴로웠던가.

불과 얼마 전까지도 나는 무공의 천재까진 바라지도 않았다.

노력한 만큼의 성과를 얻을 수만 있다면 좋겠다고 생각하였다.

하나 현실은 보통의 재능도 얻지 못한 채 시간만을 낭비하였다.

재능이 없음에 괴로움과 절망에 몸부림쳤을 뿐이다.

결국 재능이 없다는 것을 깨닫곤 현실과 타협하며 자신의 원하는 것이 아닌 관심조차 없는 일을 하며 시체처럼 살아갔을지도 모른다.

세상엔 하고 싶은 것이 있어도 재능이 없다는 것을 알고 절망하는 사람은 얼마나 될까.

사형 장자량의 무공에 대한 재능은 위에서 말한 그대로 보통이었지만 가르치는 재능은 의외로 뛰어났다.

사형 장자량은 스스로가 무공에 대한 재능이 아주 뛰어난 것이 아님을 잘 알고 있는 만큼 기초부터 차근차근 체계적으로 수련하는 방식을 만들어서 무공을 가르쳤다.

귀찮은 중간 과정을 건너뛰어 정답을 내는 천재로서는 도저히 이해 못할 정도의 귀찮고 번거로운 방식이었다.

하나 그런 귀찮은 방식이야말로 대다수의 평범한 재능을 지닌 자가 가진 장점이라 할 수 있었다.

혈마가 나에게 천마지체의 재능을 타고났다고 말하였으나 혈형신공의 운기행공의 성과가 놀라울 정도로 빠른 것을 제외하면 과연 천마지체인지 의심스러울 정도로 평범하기 그지없었다.

한 번 보고 듣는 것으로 단숨에 이해하는 천재는 아닌 것이다.

몇 번이고 읽고 보고를 반복해야 겨우 머리에 담아둘 수 있으며, 그나마도 오랜 시간이 흐르면 고생해서 암기한 것을 잊어버리는 대다수의 평범한 사람들과 똑같았다.

나와 마찬가지로 평범한 재능을 가진 장자량은 인내를 가지고 몇 번이고 쉽게 풀이하여 설명해 주어 나로서는 큰 어려움 없이 혈형마공의 운용법을 이해할 수 있었다.

"내공이란 내공 수련자가 기를 모아 자신의 육체에 맞도록 정제한 것으로 체력과 근력, 나아가 육체의 연장선이라 할 수 있다. 덩치가 큰 어른이 작은 어린아이를 가볍게 상대할 수 있듯이 내공이 크면 클수록 강해지는 것은 당연한 일이다. 그렇기에 무림의 각 문파에선 기를 쓰고 조금이라도 더 강하고 빠른 시간 안에 연성할 수 있는 내공심법을 연구하고 갈고닦으며 이를 성공한 이들은 특별한 일이 없는 이상 어김없이 모두의 머리 위에 우뚝 서곤 했다. 내공은 사용하기에 따라 육체적인 능력을 강화하여 믿기 어려울 정도의 괴력을 발휘하거나 고양이보다도 민첩한 움직임과 말보다도 빠른 속도로 달릴 수 있는 것과 같은 이치. 육체적인 능력을 대폭 상승시킬 뿐 아니라 피부와 근육을 강철처럼 단단하게 만들어 검과 같은 날카로운 무기에 베어져도 상처를 입지 않는다. 어느 정도의 수준에 이르면 자신의 육체뿐 아니라 몸 바깥쪽의 것들도 강화할 수 있다. 예를 들어 손에 쥐어진 검에 내공을 실으면 보다 단단하고 날카롭게 변화할 것이다. 고수라 불릴 정도로 높은 경지에 도달하면 내공 자체를 몸 밖으로 표출할 수 있어 직접 접촉하지 않아도 내공으로 타격을 줄 수 있게 될 것이다."

사형 장자량의 설명을 몇 번이나 반복적으로 들은 후 나는
고개를 끄덕였다.

"과연 혈형마공은 내공이 피의 흐름과 함께한다는 사실을
무시하면 평범한 심법과 다를 것이 없군요."

"물론이지. 혈형마공은 마도에서 육대마공으로 손꼽히지
만 의외로 평범한 축에 든다고. 오히려 다른 육대마공 중에서
저게 과연 제대로 된 내공심법인지 의심되는 것이 많지."

혈형마공은 단계가 높아질수록 피부를 제외한 몸의 모든
부분이 피처럼 붉은색이 된다는 부작용이 있을 뿐 딱히 마성
에 물들어 사악해지는 일은 없다고 한다.

마공에 대해서 여러 안 좋은 이야기를 들은 나로서는 믿기
어려운 말이었다.

혈마가 아무렇지도 않은 듯 즐거워하며 살인을 저지른 것
을 보면 과연 사악한 마공을 수련해서 그런 미친 짓을 하는구
나 하는 생각이 절로 들었다.

"내공이 피와 함께 움직인다면 경지가 높아질수록 다혈질
이 되어 난폭해지는 것이 아닙니까?"

피를 생각하면 좋지 않은 것이 떠오르고, 몸 안의 내공이
피의 흐름과 함께한다면 아무것도 아닌 일에도 쉽게 흥분하
여 최악의 경우 혈마처럼 잔혹한 마인이 될 것 같았다.

사형 장자량은 나의 생각을 부정하며 고개를 내저었다.

"전혀 그렇지 않아. 혈형마공은 몸 안의 피를 제어하기에 오히려 성정이 차분해진다고. 나를 보면 알잖아? 나는 삼단계까지 수련하였지만 그렇게 난폭하지 않다고 생각하는데."

확실히 당신은 난폭하기는커녕 그야말로 대인이지요.

"그럼 사부님은요?"

혈마는 사악한 마도인의 대표 격이며 같은 마도인조차 기피할 정도로 잔인하고 잔혹한 사람이었다.

다시 말하지만 혈형마공을 극성까지 수련하여 그런 인간이 된 것은 아닐까 하는 의심이 들었다.

"글쎄, 태어났을 때부터 원래 그런 인격을 타고난 천성이 아닐까?"

"…그렇군요."

알고 보니 혈형마공에 대한 악명은 전부 혈마 때문인 것이다.

사형 장자량은 혈형마공의 운공법에 대한 이해를 높이기 위해서 내공을 운용하여 육체 능력을 강화하고, 그렇게 생겨나는 괴력을 사용하여 근처의 나무 하나를 뿌리째 뽑아 집 앞 마당에 내려놓았다.

이어 자신의 주먹을 강철처럼 단단하게 만들어 마당 앞에 내려놓은 나무를 향해 내질렀다.

꽈광!!

폭음과 함께 일격에 나무는 분쇄되었다.

나무 파편이 사방팔방으로 튀어 오르고 먼지가 솟구쳤다.

사형 장자량은 산산조각 난 나무를 확인하고 가볍게 한숨을 내쉰 다음 나를 향해 싱긋 미소를 지으며 말했다.

"이걸 보면 알겠지만 운용법 자체는 다른 내공심법과 크게 다르지 않아. 육체적인 힘을 보다 강하게 하고 피부를 강철처럼 단단하게 만들어주지."

"정말 대단한 위력이네요. 장력도 사용할 수 있나요?"

"유감스럽게도 수준이 낮아서 장력만은 안 돼."

"어째서요? 나무를 산산이 분쇄할 정도의 내공이라면 장력한두 번은 사용할 수 있을 것도 같은데……."

"혈형마공만의 특징이랄까. 기혈이 아닌 피의 흐름과 융합되어 적은 내공으로도 육체적인 능력을 강화하고 단단하게 만드는 것에는 매우 뛰어나지만, 그 대신 내공을 밖으로 표출하는 운용법은 굉장히 까다로워. 장력을 잘못 날렸다가는 내공은 물론 피도 같이 쏟아져 나오거든."

사형 장자량의 설명에 혈형마공의 특성이 무엇인지 알 수 있을 것 같았다.

"내공이 피와 함께하기에 육체 강화에는 뛰어난 대신 몸밖으로의 표출은 어려운 기공이군요."

순간 혈마가 자신에게 덤벼들던 정파인들을 찢어 죽일 때 사용한 붉은 기운이 붉은색을 지닌 장력이나 검기가 아닌 자신의 피 그 자체를 사용한 것을 깨달았다.

다시 말해, 혈형마공을 수련하면 손 안에 무기가 없어도 자신의 피를 검이나 암기 대신으로 사용할 수 있는 것이다.

수련한다고 해서 사악한 심성을 가지진 않지만 자신의 피를 병기처럼 사용할 수 있다는 점을 생각하면 역시 마공은 마공이었다.

장자량에게 배운 그대로 혈형마공의 운공법에 따라 육체를 강화하여 전에는 들지 못했던 천 근의 바위를 드는 수련을 하였다.

옆에서 만약의 사고를 대비하며 지켜보던 장자량은 문득 뭔가를 떠올린 듯 당황한 표정을 지으며 말했다.

"아! 저기 한창 수련 중에 이런 말을 해서 미안한데, 오늘 내가 갈 데가 있거든."

"저는 상관없습니다. 사형이 잘 가르쳐 주셔서 지금은 저 혼자서도 잘할 수 있어요. 그런데 무슨 급하신 일이라고 있습니까?"

사형 장자량에겐 여러 가지로 도움을 받아왔으니 무슨 급한 일인지 모르지만 가능하다면 도움을 주고 싶었다.

"아니, 그게… 종교 활동이랄까. 오늘 예배가 있거든."

"종교 활동? 예배?"

처음엔 무슨 소리인지 몰라 의아한 표정을 지었지만 순간 이곳이 마교가 무림 세력에 쫓겨 터전을 잡았던 십만대산임을 새삼스레 깨달았다.

"마교입니까?"

사형 장자량은 살짝 부끄러운 표정을 지으며 고개를 숙였다.

"그래. 마교야."

나는 기가 막힌다는 표정을 지으며 말했다.

"사형이 말하길, 종교와 마도인은 나누어졌다고 하지 않았나요?"

장자량은 편안한 표정을 지으며 고개를 내저었다.

"마교와 마도인은 뜻을 달리한 것은 맞아. 하지만 마도인도 사람이다. 자신의 무공만이 아니라 마음의 평온을 원하는 사람도 있는 법이지."

장자량 말고도 마도인 중에서는 마교를 믿는 이가 많은 것 같았다.

"으음."

"사제 너도 생각이 있으면 같이 가볼지 않을래?"

생각지 못한 장자량의 포교에 당황하여 양손을 내밀어 좌우로 내저었다.

"아니, 저는 마교는 별로라서……."

장자량에게 마교에 대한 이야기를 듣기는 했지만 어릴 적부터 뿌리 깊게 박혀온 '마교는 사악하다'는 편견을 버릴 수가 없었다.

사형 장자량은 나의 불안을 아는 듯 싱긋 미소를 지으며 말했다.

"그렇게 걱정할 것은 없어. 네가 생각하는 그런 마교는 아니니까. 좋은 말씀을 듣다 보면 마음의 평온을 얻을 수 있을 거다."

"하지만……."

"일단 가보고 아니다 싶으면 그때 가서 생각해도 늦지 않아. 말로만 들었던 마교가 어떤 종교인지 궁금하지 않느냐?"

사형 장자량의 말대로 사악한 마교는 과연 어떤 종교인지 궁금했다.

어릴 적에는 악마에게 산 재물을 바치는 사악한 사이비 종교라는 인식이 있었지만 사형 장자량에게 들은 바로는 마음의 평온을 얻을 정도로 훌륭하다고 하지 않는가.

결국 호기심을 억누르지 못하고 장자량의 권유에 따라 마교가 어떤 종교인지 구경해 보기로 결정했다.

"한 번이라면 가보겠습니다."

장자량은 진심으로 기쁜 듯 환하게 미소를 지었다.

"그래, 잘 생각했어. 후회하진 않을 거야."

선택된 제물의 목을 산 채로 베어 피를 뿌리는 잔혹하고 피비린내 나는 제물 의식이 벌어지고,

'믿겠는가?' 하는 교주의 헛소리에,

'믿습니다!' 라고 소리치는 광신자들.

이것이 내가 늘 생각해 오던 마교에 대한 편견이었다.

한데 막상 마교의 예배를 구경해 보니 사이비 종교 의식 같은 것은 눈을 씻고 찾아봐도 보이지 않았다.

보는 것만으로 '이거 파느라 참 고생했겠구나' 하는 생각이 절로 드는 인공의 거대한 석굴 신전 안에 무려 수천 명의 마교인이 한자리에 모여 땅바닥에 자리를 잡고 앉아 있었다.

나는 사형 장자량을 따라 수천 명의 마교인들 틈에 들어가 앉아야만 했다.

많은 사람들 사이에 끼어 있는 것이 조금 답답하여 사형 장자량에게 특별석은 없냐고 물어보았다.

"그런 건 없어. 신 아래 만민은 평등한 것이거든."

"그런가요?"

"교리의 하나지."

"……"

마교답지 않는 교리로군.

한편 이곳에 모인 많은 사람들은 신전의 위쪽에 자리 잡은

단상을 바라보고 있었다.

나도 호기심 가득한 눈으로 단상 위를 바라보며 말했다.

"사람들이 참 많네요. 그것보다 누굴 기다리는 건가요? 교주?"

사형 장자량은 검지로 자신의 입술을 막으며 조용히 하라는 듯 고개를 내저었다.

"쉿! 곧 그분이 오신다. 오해할까 봐 미리 말해두지만 교주님은 아니야. 성월교에는 교주라는 지위가 없거든."

"성월교?"

그러고 보니 사형 장자량에게 마교는 절대천마 사후 천년 마교에서 일월신교로, 다시 태양교와 성월교로 나눠졌다고 들은 것 같았다.

그밖에도 여러 종교와 종파로 나누워졌다고 하는데 가장 큰 세력이 태양교와 성월교였다.

태양교가 교주를 중심으로 교리를 중시하는 강경파라면, 성월교는 성녀 중심의 평온을 중시하는 평화로운 종교랄까.

사형 장자량의 설명만으로는 실제로 어떤지 알 수 없었다.

눈으로 직접 확인해 보는 것이 가장 좋을 것이다.

생각에 잠긴 잠깐 사이에 성월교의 신녀라는 사람이 나타나 단상 위에 올라섰다.

보통 사이비 종교의 교주나 성녀 같은 치들은 반짝거리는 화려한 의상을 입고 모두를 현혹시키는 것이 보통인데 단상 위에 올라선 성월교의 신녀는 결코 화려하거나 값비싼 옷이 아닌, 어떤 문양도 없는 너무나도 검소해 보이는 성월교의 법의를 입고 누가 들어도 훌륭한 말을 모두를 향해 하기 시작했다.

성월교의 신녀는 마교의 성전에 쓰인 교리의 한 구절을 말하고 그 뜻을 풀이하였다.

신의 뜻을 따라 삶을 살아가는 것에 있어 선행을 행하라는 것이었다.

어라? 파괴와 살육을 저지르라고 부추기는 것이 아니야?

"이게 마교? 아니, 성월교인가?"

머릿속에 박혀있는 마교에 대한 잘못된 편견이 너무 뿌리 깊이 박혀 있는 것이 분명했다.

무림인이 되기 위해서 점창에 몸을 담았을 때 존경하던 태을 노사님이 마교에 대한 이야기를 해준 적이 있는데, 태을 노사님이 말하신 마교인이란 그야말로 지상의 마귀가 따로 없었다.

다른 사람도 아니고 훌륭한 인품의 태을 노사님이 마교에 대해 말씀하신 것이기에 믿지 않을 수가 없었다.

태을 노사님의 말씀이 아니어도 모두의 말에 의하면 마교란 사악한 종교 집단이었다.

실제 마교, 아니, 성월교는 나쁘지 않은 종교이건만 주변의 모든 이들이 사악한 사이비 종교 집단으로 잘못 알고 있는 것이다.

도대체 어디서부터 잘못된 것일까.

내가 상념에 빠져 있을 때 신녀의 말이 계속 이어지며 고대의 마교, 아니, 성월교의 성자가 신의 가르침에 따라 어떤 선행을 행하였는지에 대해 이야기했다.

"어때? 나쁘지 않지?"

예배가 끝나고 모두들 신에 대한 기도를 하는 겸 잠깐의 휴식 시간에 들어갔을 때 들려온 사형 장자량의 물음에 고개를 끄덕이지 않을 수 없었다.

"으음, 확실히 제가 품고 있던 마교와는 달라서 충격적이긴 했습니다."

"민중을 현혹하는 사이비를 다 싸잡아서 마교라 부르긴 하지만 성월교는 다르다고. 어떠한 사심도 없이 신을 섬기는 종교라 할 수 있지."

"확실히 그렇게 보이네요."

"신녀님도 아름답고……."

"……."

어이, 사형! 사심이 없는 게 아니라 무척 많아 보이잖아!!

사형 장자량은 아무래도 종교의 믿음이 아니라 신녀의 미모에 반해서 예배에 나오는 것이 분명해 보였다.

하긴 신에 대한 믿음이든 여인의 아리따운 미모든 마음의 평온을 얻을 수만 있다면 무슨 상관이 있겠는가.

신녀 다음으로 단상 위에 올라온 사람은 지긋한 나이의 신녀와 마찬가지로 검소한 법의를 입은 남자로 신관이라고 한다. 신관은 신녀와 마찬가지로 좋은 말만을 늘어놓기 시작했다.

사형 장자량은 신관의 설교가 이어지는 가운데 점차 눈빛이 동태눈이 되더니 점차 기도하는 자세로 고개를 숙였고, 그대로 잠이 들어버렸다.

"사형?"

"쿨⋯⋯."

"⋯⋯."

확신했다.

사형은 남자에겐 신에 대한 믿음이 없다는 사실을.

사사로운 목적을 위해 종교 행사에 참석한 것이 분명했다.

"후우, 사형이 자니 나도 왠지 졸려오네."

신관의 설교는 나쁘지 않았지만 지루한 것도 사실이었다.

나직한 것이 그야말로 잠을 부르는 목소리였다. 신에 대한 믿음이 확고하지 않는 이상 수마의 위협에서 벗어나기란 어려울 것이다.

"하암~ 나도 잠깐 눈을 붙일까."

사형 장자량의 기도하는 자세를 따라 하며 자연스럽게 잠을 자려고 했지만, 사형 장자량과 달리 바닥에 앉아서 자려니 허리가 뻐근한 것이 익숙하지 않았다.

그뿐 아니라 멀지 않은 곳에서 뭔가 기분 나쁜 기척이 느껴져 눈을 뜰 수밖에 없었다.

"으음, 뭔 소리야?"

기분 나쁜 기척이 느껴지는 곳을 향해 고개를 돌려 무엇이 있는지 유심히 살펴보았다.

"헉!"

엄숙한 분위기 속에 예배 중임을 알면서도 나도 모르게 놀라 소리쳤다.

이상한 녀석이 있었던 것이다.

아무리 수천 명이 한자리에 모여 있다고 하지만 저렇게나 이상한 녀석을 지금이야 발견했는지 의아할 정도였다.

입고 있는 의복 자체는 어디서나 볼 법한 평범한 것이었다.

문제는 머리였다.

세상의 어떤 빛이라도 모조리 흡수할 것 같은 칠흑의 머리를 길게 기른 것까진 좋은데 정리를 제대로 하지 않아 사방팔방으로 길게 늘어뜨려 얼굴 전체를 뒤덮고 있었다.

도대체 어떤 얼굴인지 확인할 수가 없었던 것이다.

거기까진 겉모습만 특이할 뿐 큰 문제는 없었다.

마도인 중에는 멋있어 보인다는 이유로 머리를 온갖 이상한 색으로 물들이거나 자신의 몸도 부족해 얼굴 가득히 뜻도 모를 범어를 문신으로 새겨 넣거나 밭을 가는 황소도 아니면서 코걸이를 하고 입술이나 뺨에 장신구를 박아 넣는 정신 나간 짓을 하는 이들도 있긴 하다.

겉모습의 바름도 중시하는 고지식한 정파도 아니고 자유로운 마도인이니 머리 정도야 애교로 봐줄 수 있다.

문제는 역시 귀에 거슬리는 잠음과 전신으로 내뿜는 독특한 분위기였다.

아마도 성월교의 교리가 쓰여 있을 두꺼운 책 한 권을 펼쳐 남에게 피해가 가지 않으려는 듯 작고 나직한 목소리로 읽고 있는 것 같은데, 머리카락에 가려 잘 보이지 않는 입을 통해 작게 흘러나오는 중얼거림 속에 '쿡쿡쿡…' 하는 기분 나쁜 웃음소리가 섞여 있는 것이 누가 봐도 사악한 주술을 행하려는 것으로밖에 보이지 않았다.

그 때문일까.

수천 명이 모여 모두들 답답할 정도로 몸을 붙여 앉아야 했는데 이상한 녀석의 곁에는 가까이 다가가려는 이가 없어 혼자서 넓은 자리를 차지하고 있었다.

남들에게 불편을 주고 자기 혼자만 편안하게 앉아 있는 것이다.

"으음, 뭔가 조취를 취해야겠군."

과거와 달리 내공이란 힘을 얻었기 때문일까.

나의 마음속에 봉인되어 있던 협의심이 깊은 잠에서 깨어나 눈을 뜨려다가, 멈추었다.

도대체 뭘 용서할 수 없었던 거지?

이상한 녀석이 주변에 민폐를 끼치긴 했지만 딱히 나쁜 짓을 한 것은 아니었다.

독특한 분위기를 내뿜는 것이 수상하긴 하지만 교리 경전을 읽고 있는 것으로 보아 독실한 신자임이 분명했다.

저 녀석이 잘못한 것은 하나도 없다.

주변에 불편을 끼쳤다고 그걸 가지고 뭐라 하면 나야말로 잘못된 행동을 저지르는 것이다. 나의 행동은 진정한 협의에서 어긋난다.

길게 한숨을 토해내며 걸음을 멈추며, 왠지 쓸데없이 상승된 의욕을 가라앉혔다.

"나는 뭘 그렇게 쓸데없이 흥분한 거지."

사형 장자량이 말하길, 혈형마공은 마공이라고 하지만 수련을 통해 다혈질이 되어 난폭해지지는 않는다고 하였는데 사실은 나의 마음에 마성이 깃든다거나 하는 등의 변화를 준 것은 아닐까.

"무슨 볼일이라도……"

"아!"

탁하면서도 낮으며 기분이 나쁘면서도 묘한 목소리에 나는 깜짝 놀라 깊은 상념에서 빠져나왔다.

목소리의 주인은 예의 이상한 녀석이었다.

나도 모르는 사이에 너무도 가까이 접근했다.

주변에 나를 제외하곤 아무도 없으니 나를 향해 말한 것이 분명했다.

이상한 녀석은 자신의 얼굴을 가득 뒤덮은 머리카락 사이로 한 쌍의 안광을 무섭게 빛내며 나를 유심히 바라보고 있었다.

마치 나의 대답을 기다리는 것 같았다.

순간 내 신변이 위험하다는 것을 깨달았다.

머리카락에 뒤덮인 얼굴은 제대로 보이지도 않는데 안광이 뚜렷하게 느껴질 정도라면 생각 이상의 내공 소유자가 분명했다.

최소한 일류급의 고수.

나는 혈형마공을 수련하여 한 번의 운기조식만으로 일단계의 경지에 도달하긴 했지만 일류에는 못 미치는 수준이었다.

아아! 나는 정말 멍청하구나.

도대체 무슨 생각을 했기에 마도인이 분명한 이상한 녀석에게 겁도 없이 다가갔던 것일까.

"아무것도……."

나는 변명하듯 말하며 사형 장자량이 있는 곳까지 물러나려 했지만 이상한 녀석은 그런 나를 놓아줄 생각이 없는 것 같았다.

"……."

웃었다.

아무 말도 없이 웃었기에 왠지 무서운 느낌이 들었다.

아니, 그보다도 머리카락 때문에 얼굴이 보이지 않았는데 나는 어떻게 저 녀석이 순간 웃었다는 것을 알게 된 거지?

"후후후……."

작아도 너무나 작아 바로 앞에서 집중하지 않으면 결코 들을 수 없을 것 같은 나직한 웃음소리가 들려왔다.

역시 위험해.

"시, 실례했습니다."

나는 사과를 하면서 무서워 등도 돌리지 못한 채 뒷걸음질로 어떻게든 도망치려 하였다.

하나 이상한 녀석의 움직임은 마치 먹이를 노리는 독사와도 같았다.

쉬이익!

바람을 가르는 소리와 함께 엄청난 속도로 움직이며 어느
샌가 나의 뒤를 가로막았다.

"가지 마……."

"으!"

나는 너무도 놀라 비명조차 지르지 못했다.

사실은 남자의 체면이고 뭐고 크게 소리치고 싶었으나 등
뒤에서 느껴지는 이상한 녀석의 기척에 뱀 앞에 쥐가 된 것처
럼 꼼짝할 수가 없었던 것이다.

죽는다!

아니, 이대로 당할 수는 없다.

즉시 혈형마공을 운기하며 심장을 시작으로 피의 흐름을
빠르게 만들어 육체 능력을 강화하였다.

아직 일단계라 일류고수로 보이는 이상한 녀석에게 어느
정도 버틸 수 있을지 장담할 수 없지만 살기 위해 최선을 다
해야 했다.

아아, 어쩌다가 이런 일이…….

아니, 이 모든 것이 무능한 나의 잘못이다.

의미도 없는 협의심에 빠지지 않았다면 이런 불상사도 없
었을 텐데.

내공 수련 이전에 정신 수행이 부족한 것이다.

내 나이 이제 열여섯 살, 아직 어른이 되지 못한 것이다.

"하악… 하악……."

이상한 녀석의 입을 통해 나오는 이유 모를 거친 숨소리.

오싹!

전신에 소름이 돋았다.

이 이상한 녀석! 나라는 사냥감에 흥분하고 있는 거냐?!

그렇다면 이제 곧!

온다! 온다! 온다! 온다! 온다!

이상한 녀석의 공격을 대비하며 최후의 각오를 다지는 순간이었다.

"하암~ 잘 잤다."

멀지 않은 곳에서 사형 장자량이 잠에서 깨어나 기지개를 켜고 있었다.

"사형!"

나는 살기 위한 몸부림으로 목소리 높여 사형 장자량에게 도움을 청하였다.

나의 외침을 들은 사형 장자량이 고개를 돌려 나와 이상한 녀석을 보고는 무척 놀란 표정을 지었다.

살았다는 생각에 안도의 한숨을 토해내었으나 안심하기에는 아직 이른 것 같았다.

이상한 녀석은 나의 등 뒤에서 다시 정면으로 이동한 후 손을 내밀어 나의 오른손을 붙잡았다. 그리곤 웃었다.

"히익!"

나는 심장이 정지되는 것 같은 충격을 받았다.

물론 육체적인 것이 아닌 정신적인 충격이었다.

"이 자식! 나의 사제에게 뭐 하는 짓이냐?!"

사형 장자량은 나의 위기의 순간을 보고 소리치며 빠른 속도로 달려와 어른 남자 몸통보다도 두꺼운 나무조차 일격에 분쇄하는 주먹을 이상한 녀석의 복부에 때려 넣었다.

"컥!"

이상한 녀석은 어느 때보다 큰 목소리로 신음을 토해내며 기도하는 사람들 사이로 나가떨어졌고, 그로 인해 소동이 일어났다.

"괜찮아?"

사형 장자량은 걱정스런 표정을 지으며 나의 몸을, 특히 이상한 녀석에게 붙잡혔던 손은 왠지 만지지 않으면서도 꼼꼼하고 조심스럽게 살펴보고는 별다른 상처가 없다는 것을 확인하더니 안도의 한숨을 내쉬었다.

"내가 보기엔 괜찮은 것 같은데 혹시 모르니까 내공을 한번 운기해서 이상한 점이 있으면 말해."

사형 장자량의 말에 고개를 끄덕인 후 혈형마공을 운기해 보았으나 별다른 이상은 없었다.

이상한 녀석에게 손을 붙잡혔을 땐 죽는 줄 알았지만 별다른 상처를 입지는 않았다.

  조금 더 여유를 가지고 생각해 보니 직접적으로 어떠한 피해도 입히지 않았다.

  "저는 괜찮습니다. 그보다도 저 녀석, 괜찮을까요?"

  사형 장자량은 혈형마공이 삼단계에 이른 일류고수로 강인한 육체에서 쏟아져 나오는 파괴력은 일류 이상이었다.

  보통의 인간이었다면 엄청난 위력에 복부가 꿰뚫리거나 최소한 내장이 파열되었을 것이다.

  사형 장자량은 사람 좋은 대인으로서 자신의 실수를 인정하는 듯 살짝 식은땀을 흘렸다.

  "걱정이 되긴 하지만 저 녀석이라면 내장이 파열되거나 하지는 않았을 거야, 아마도."

  "아는 사람입니까?"

  "알긴 아는데 그렇게 친하지는 않아. 그렇다고 해도 저 녀석이 성월교의 예배에 나왔을 줄은 생각지도 못했는데……."

  "누군데요?"

  "사부님과 함께 오대마종의 일인인 고루독마의 제자야. 마도인이야 다들 비슷하지만 여러 안 좋은 소문 때문에 모두들 흑암사신(黑巖死神)이라고 부르지."

  사령주기(死靈主技)!

고루독마가 오대마종의 자리에 올라서게 만든 마공이라고 한다.

무림인이라면 다들 그렇듯 자신의 무공에 대한 비밀은 철저하게 지키기에 사령주기의 정확한 수련 방법은 고루독마를 제외하면 그 누구도 알지 못하나 몇 가지 이유로 수련을 위해 시체를 다룬다는 사실이 알려졌다.

고루독마의 손에 의해 죽은 이들의 몸에서 지독한 시독(屍毒)이 나왔던 것이다.

고루독마의 사령주기는 결코 독공이 아니었고, 전문적으로 독을 다루지 못했음에도 마도제일, 아니, 무림제일의 독인으로 손꼽히게 되었다.

시독이 얼마나 지독한지 살짝 스쳐도 죽고, 종이 한 장 차이로 가까스로 피한다 해도 단 한 모금의 숨만 들이켜도 시독에 중독되어 살이 썩어 죽음을 맞이하게 된다.

목숨을 건 진검 승부는 물론 그냥 실력을 겨루는 비무 대상조차 전원 죽음을 맞이해 버렸다. 덕분에 마도제일의 독인이 되었으며 고루독마라는 별호가 붙게 되었다.

온갖 잔인하고 잔혹한 짓을 저지르는 혈마와 다른 의미로 죽음을 뿌리는 자로서 마도인조차 기피하는 대상이었다.

흑암사신은 고루독마의 유일한 제자로 사부인 고루독마의 악명 때문에 일평생 단 한 명도 가까이 다가서려는 이가 없었다.

태어나 단 한 번의 살인도 저지르지 않았음에도 편견에 가득한 소문 때문에 흑암사신이라는 별호까지 얻게 되었다.

주변 마도인들에게까지 공포의 존재가 된 것이다. 참고로 모두에게 흑암사신이라 불릴 뿐 이름은 그 누구도 모른다.

사형 장자량의 설명에 나는 아직까지 정신을 차리지 못한 흑암사신을 우울한 표정으로 바라보았다.

바닥에 누워 있는 흑암사신의 곁에는 아무도 다가가 도와주는 이가 없었다.

녀석에 대한 소문을 들어서인지, 아니면 산발된 머리카락으로 얼굴을 모조리 감추어진 겉모습이 무서워서인지 다들 도망친 것이다.

"왠지 불쌍한 녀석이네요."

점창에 몸담았을 때 무능한 녀석이 친구 가문의 인맥 덕에 들어왔다며 모두에게 무지 구박을 받고 따돌림을 받았던 기억이 있었다.

처한 경우가 다르긴 하지만 태을 노사님이나 몇몇 착한 사람들이 있어 여러모로 도와주었기에 겨우 버티긴 했지만 지금 흑암사신의 곁에는 아무도 없었다.

사형 장자량도 자신의 경솔한 행동을 깨달은 듯 뒤통수를 긁적거리며 미안한 표정을 지었다.

"나도 미안한 생각이 드는걸. 하지만 녀석이 위험한 것은 사실이야."

흑암사신에 대한 소문은 편견으로 가득할 뿐 잘못된 것일 수도 있었다.

하지만 비무 상대 전원을 죽음으로 이르게 한 고루독마의 제자인만큼 조심하지 않으면 안 된다고 생각하는 것 같았다.

솔직히 나도 시독인지 뭔지에 중독된 것이 아닌가 찜찜하긴 했다.

그런데 흑암사신은 무엇 때문에 나의 앞을 가로막으며 손을 붙잡으려 했던 것일까?

당사자가 기절해 버렸기에 그에 대한 의문은 풀 수가 없다.

어떻게 하지?

"사형, 제 잘못도 있고 하니 저희가 저 녀석을 도와주는 것이 좋겠어요."

"위험한데……."

그 사람 좋은 사형 장자량이 내키지 않아하는 것을 보아 흑암사신이 진실로 위험하다고 생각하고 있음이 분명했다.

한 번 마음속에 새겨진 편견은 쉽게 바뀌지 않는 법이다.

"괜찮습니다."

나는 사형 장자량의 마음을 이해하고 고개를 끄덕이며 먼저 솔선수범하여 흑암사신에게 다가갔다.

나도 좀 기분이 그렇기는 하였지만 다른 사람들과 달리 편견이 없다기보단 실감이 나지 않았다. 방금 전에 겪은 일로 좀 무섭긴 하지만……

이런저런 생각을 하며 다가가기가 무섭게 흑암사신이 깨어났다.

머리카락 때문에 얼굴이 제대로 보이지 않음에도 번쩍하고 안광이 느껴졌다.

사형 장자량에게 잘난 척하긴 했지만 솔직히 무서웠다.

육대마공 중 하나인 사령주기의 무서움이나 비무한 상대가 전부 죽었다는 고루독마의 제자라는 사실에 대해서는 그다지 실감이 나지 않았다.

그보다는 뭐랄까?

머리카락 사이로 뿜어져 나오는 안광이 무서웠다.

사악한 주술의 주문을 읊는 것 같은 나직한 목소리가 무서웠다.

까놓고 말해서 녀석이 내뿜는 묘한 으스스한 분위기 자체가 무지하게 무서웠다.

어릴 적 정의의 협객이 되는 것이 꿈이었던 내가 말하기 정말 부끄러운 감정이지만 스스로 어떻게 제어할 수가 없었다.

고루독마의 제자로 흑암사신이라 불리며 어느 누구도 가까이 하지 않는다고 하는데, 녀석이 내뿜는 으스스하고 기분 나쁜 분위기로 볼 때 사람들이 녀석을 두려워하며 피하는 이유는 여러 나쁜 소문 이전의 문제가 아닐까.

"배, 괘… 괜찮아?"

나는 언제라도 도망칠 준비를 하며 조심스럽게 물었다.

사형 장자량은 이미 멀찍이 떨어진 채 주먹을 힘껏 움켜쥐었다.

"괜찮아……."

흑암사신은 겨우 들릴까 말까 한 탁한 목소리로 나직하게 말하며 강시처럼 벌떡 몸을 일으켰다.

나는 움찔 놀라며 뒤로 물러났다.

"다, 다행이구나."

평소와 똑같이 말해야 하는데 나도 모르게 목소리가 떨렸다.

흑암사신은 사형 장자량에게 맞은 배가 무척 아픈 듯 문지르다가 생각났다는 듯 배를 문지르지 않는 오른손에 들린 것을 나에게 건네주었다.

나는 움찔 놀라 도망칠 뻔하다가 침착하게 살펴보니 성월교의 교리 성전이었다.

책이란 기본적으로 돈 있는 사람들이 가지는 사치품이며 외부 세계와 거의 단절된 십만대산에서 책의 가치는 더욱 커진다.

더구나 성전이다.

흑암사신은 그런 귀한 걸 나에게 건네준 것이다.

"왜?"

나는 의아한 표정을 지으며 물었다.

흑암사신은 바로 대답하지 못한 채 하악거리며 숨을 헐떡거렸다.

이땐 정말 무서워 순간 도망치고 싶었다.

그런 가운데 흑암사신은 각오를 다진 듯 헐떡이던 숨을 멈추고 나를 죽일 듯 노려보며 말을 이었다.

"필요할 것 같아서……."

흑암사신은 자신에게 다가온 나를 보고 무슨 일인가 고민한 끝에 자신의 손에 들린 성월교의 교리 성전을 빌리러 왔다고 생각한 것 같았다.

오해였지만 나로서는 고개를 끄덕이는 수밖에 없었다.

"그래……."

흑암사신 이 녀석, 알고 보니 좋은 녀석이잖아. 숨을 헐떡이며 노려보았을 때는 정말 무서웠지만 다가온 사람에게 어떻게 대해야 할지 모르는 소심한 성격인 것이 분명했다.

머리카락으로 가려져 있어서 보이지 않지만 너무 부끄러워 얼굴이 붉어졌을 것이 분명했다.

"고마워."

"별로……."

이 순간에도 흑암사신은 먹이를 노리는 짐승처럼 숨을 헐떡이고 있어 나로선 정말 무서웠으나 의외로 착한 녀석임을 알았으니 거친 숨소리는 가능한 한 무시하기로 하였다.

이로써 호기심과 오해로 이루어진 일련의 사건은 나름 좋게 끝나는가 싶었는데 다른 곳에서 문제가 생겼다.

"싸움이 났다고 들었습니다. 신성한 곳에서 무슨 죄를 범하려는 겁니까!"

교도들의 말을 듣고 성월교의 신녀와 신관들이 달려와 단호한 목소리로 소리쳤다. 그 밖에 성월교를 믿는 힘 좀 쓸 것 같은 마도인들이 손을 봐주겠다는 듯 우르르 몰려왔다.

"이런!"

나도 사형 장자량도 무척 당황했다.

머리카락에 가려 보이지 않지만 흑암사신이란 녀석도 무척 당황하고 있을 것이다.

당황한 것은 상대편도 마찬가지였다.

신녀와 신관들을 돕기 위해 나섰던 마도인 중에서 사형 장자량과 흑암사신을 알아본 것이다.

"허걱! 피에 미친 혈마의 제자인 흉신혈살 장자량! 어떻게 성월교의 신전 안에?"

설마 저런 사악한 마두가 종교 행사에 찾아왔을 줄은 몰랐다는 말투였다.

허어, 완전히 지옥의 마귀를 대하는 태도인데?

"히익! 저기 까만 녀석은! 죽음을 뿌리고 다닌다는 고루독마의 제자 흑암사신도 있잖아! 도망쳐! 이제 곧 이곳에서 대량살육이 벌어질 것이다!"

저 녀석, 아무리 무서워도 그렇지 너무 과장하는 것 아니야?

"어째서 저 두 녀석이 신전 안에 들어온 것을 몰랐던 거냐?!"

그냥 들어가게 해주던데?

"크윽! 당했다! 멋으로 유명인을 따라 한 비슷한 녀석이라고만 생각했는데……."

바보냐?

"일반 신도들 틈에 숨어 있었다니, 예상치 못한 행동이었다. 도대체 이곳에서 어떤 악행을 저지르려고!"

사형은 그냥 예쁜 신녀님을 보러 온 것 같은데.

흑암사신 녀석은 모르겠지만 생각 외로 신앙심이 있는 신자인 것 같고.

"신이시여! 신성한 달님이시여! 저에겐 병이 든 노모가 계십니다. 제발 저의 목숨만은……."

거참, 목숨 뺏는 일은 없다니까.

착각한 것이 아니라면 둘 다 마도인답지 않게 무지 착한 사람들이라고.

마도인들의 공포와 경악으로 가득한 외침을 들어보니 사람 좋은 사형 장자량도 남 말할 처지는 아닌 것 같았다.

흑암사신 이상의 흉명을 떨치고 있는 것이 분명했다.

"근데 저 녀석은 뭐지?"

악명 높은 두 거물로 인해 모두의 눈에 보이지 않았던 나라는 존재를 뒤늦게 확인하고 의문을 느낀 것이다.

"저건 산 제물이다! 흑암사신의 산 제물!"

내가 녀석의 산 제물?

"이제 보니 사부인 혈마와 마찬가지로 피를 보려는 흉신혈살과 죽음을 원하는 흑암사신 간에 산 제물을 둔 한판 싸움이란 말인가!"

허어, 아무것도 안 하고 가만히 있는데 점점 일이 커지는구나.

여러 사람들의 말에 나는 할 말을 잃은 채 너무 불쌍해서 측은한 얼굴로 소문과 달리 사실은 착한 사형 장자량과 흑암사신을 바라보았다.

너희들 정말 사부 잘못 만나서 불쌍하게 살아왔구나.

잠깐! 내가 지금 남 걱정할 때인가?

아직 소문이 퍼지지 않았을 뿐 나 역시 혈마를 사부로 둔

비참한 신세다. 장차 사형 장자량이나 흑암사신과 같은 꼴을 겪게 될지도 모른다.

마도무림에서도 두 악명 높은 마인의 등장에 성월교에 대한 신앙심에 도움을 주러 온 마도인은 물론 신녀와 신관들조차 처음의 강경한 기세는 온데간데없이 두려운 듯 주춤거리며 물러섰다.

"이럴 땐 어떻게 하지?"

가까이에 있는 흑암사신에게 물어보았지만 혼란에 빠져 뭐라 알아들을 수 없는 사악한 주술의 주문 같은 말만 중얼거리고 있을 뿐이었다.

흑암사신은 포기하고 사형 장자량을 바라보았다.

그는 이런 상황에서도 사람 좋은 미소를 지으며 차분히 대처방법을 설명해 주었다.

"아무렇지 않은 듯 천천히 물러나는 거다."

"과연."

사형 장자량은 혈마의 제자가 되어 이런저런 좋지 않은 경험이 많아 이런 상황에 대한 대처법을 가지고 있는 것 같았다.

하나 세상일이란 생각대로 흘러가지 않는 법이다.

마도인을 포함해서 신녀와 신관들이 소동을 해결하지 못하자 오대마종의 제자조차 감당하기 버거운 거물이 등장하였다.

"어머나! 소란스럽네요?"

등장하자마자 흥미롭다는 듯 말한 이는 이십대 중반의 묘한 분위기를 지닌 여인이었다.

성월교의 법의를 입고 있는 것으로 보아 성월교의 신녀인 것 같았다.

사형 장자량의 태도는 신녀로 보는 것치곤 정상적이지 않았다.

"허억! 환희마녀! 네가 어떻게 성월교에……."

사형 장자량은 그녀의 등장에 정말 놀란 듯 신음을 토해내었다.

환희마녀는 색공을 다루는 여인들의 문파인 환희문의 문주였다.

마도 정상에 위치한 오대마종은 아니나 마도무림의 백대고수, 즉 백대마인 중에서 다섯 손가락 안에 꼽히는 고수였다.

사형 장자량이 설명하길, 선대 환희마녀를 죽이고 환희문의 주인이 되어 환희마녀란 이름을 계승받았다고 한다.

무림에서 제자가 스승을 죽이고 자리를 빼앗는 패륜은 아주 없는 것은 아니지만 흔한 일도 아니고 웬만하면 숨기기 마련인데, 마도무림에선 명성의 하나로 인정되어 환희마녀 스스로가 자랑하듯이 자신이 스승을 죽였다고 소문을 퍼뜨렸다고 한다.

그런 환희마녀가 성월교의 신녀 복장을 하고 나타난 것이다.

사형 장자량으로서는 놀라지 않을 수 없었다.

환희마녀는 사형 장자량의 놀란 모습이 정말 재미있는 듯 웃으며 말했다.

"호호호! 뭘 그리 놀라시나요? 혈마님의 제자이자 흥신혈살로 불리는 장 가가가 몰래 성월교의 예배에 나왔다는 사실에 저야말로 놀라지 않을 수가 없네요."

환희마녀는 놀랐다는 말과는 달리 정말 즐거운 듯 말하며 사형 장자량에게 다가섰다.

"끄응!"

사형 장자량은 거북하고 두려운 듯 신음을 토해내며 도망치 듯 물러났다.

나는 사형 장자량과 함께 물러나며 궁금증을 참지 못해 둘의 관계를 물어보았다.

"저기, 혹시 사형의 연인입니까?"

환희마녀가 사형 장자량을 부르는 애칭이 뭔가 예사롭지 않았던 것이다.

"절대 아니다!"

사형 장자량은 좋은 사람 이미지를 멀리 던져 버리고 목소리를 높여 환희마녀에 대한 관계를 부정했다.

　　"으음."

　　"사제, 믿어다오. 저 마녀는 절대 상대해서는 안 되는 인간 말종이야. 어째서 저 여자가 성월교의 신녀가……."

　　사형 장자량은 환희마녀에 대해 정말 기분 나쁜 듯 말했지만 정작 당사자는 신경 쓰지 않은 채 나를 확인하고는 미소를 지었다.

　　"호호! 이제 보니 귀여우신 도련님도 있었네요?"

　　마치 유혹하는 것 같은 목소리였다.

　　그 순간 사형 장자량은 환희마녀로부터 나를 보호하려는 듯 앞을 가로막았다.

　　"조심해! 유혹당하는 순간 몸 안의 정기가 쪽쪽 빨려 나갈 거다."

　　확실히 유혹하는 것처럼 보이긴 하지만 그래도 너무 경계하는 것이 미심쩍은 생각이 들었다.

　　"사형, 혹시 전에 당한 적이 있습니까?"

　　"그런 일 없다!"

　　"……."

　　여러모로 수상했다.

　　내가 모르는 과거의 사형은 환희마녀에게 당했던 건가?

환희마녀는 사형 장자량의 경고에 얼굴에 가득 띠운 미소를 거두고 새침한 표정을 지었다.

"너무해요~ 저는 그런 여자가 아니에요."

사형 장자량은 코웃음으로 답했다.

"흥! 자신의 사부를 죽인 네년의 말을 믿을 것 같으냐! 나의 사제만은 절대 건들지 못한다!"

사형은 평소와 달리 뭔가 있어 보이는 존재감을 보여주는구나.

그것과 별개로 예전에 환희마녀에게 털린 것 같지만…….

그뿐 아니라 사형 장자량은 나의 정체에 대해 말해 버리고 말았다.

"호오! 이제 보니 도련님은 혈마님의 제자였군요. 저는 옥령이라고 해요."

환희마녀는 묘한 색기가 느껴지는 미소를 지었다.

나는 어색한 표정으로 환희마녀의 인사를 받아주는 수밖에 없었다.

"아, 예에……."

고개를 숙여 인사를 받을 뿐 나의 이름을 말하진 않았다.

나는 어디까지나 혈마에게 붙잡혀 강제로 제자가 된 것일 뿐 마도인이 된 것은 아니기 때문이었다.

나중에 이곳을 빠져나갔을 때 나의 이름이 문제가 되는 것은 원치 않았다.

거짓 이름을 말하는 것도 나쁘지 않겠지만 딱히 생각나는 이름도 없었고 사형 장자량이 적의를 보이기에 나 역시 가까이 하지 않으려 하였다.

환희마녀는 나의 거부의 태도에도 신경 쓰지 않고 말을 이었다.

"저기, 오라버니라고 불러도 될까요?"

그 순간 나의 몸은 돌이 되었다.

저기요, 아줌마. 제 나이 이제 열여섯 살. 아줌마보다 대충 열 살은 더 어리거든요.

환희마녀에게 이런 나의 진심을 말하면 어떤 일이 일어날지 분명히 보였기에 그저 난처한 표정을 지을 수밖에 없었다.

사형의 말대로 정말 위험한 여자였다.

다행히 기묘한 기류는 다음 인물에 의해 해소되었다.

"잡담은 그만 하지."

감정이 느껴지지 않는 차가운 목소리였다.

눈처럼 새하얀 백발과 그와 어울리는 희고 창백한 피부, 벌레를 보는 것 같은 차가운 눈동자를 지닌 십오 세의 소년 입에서 나온 것이었다.

사형 장자량의 입을 통해 환희마녀와는 또 다른 의미의 경악에 찬 신음 소리가 흘러나왔다.

"백아탈명……."

백아탈명(白牙奪命) 능비영.

오대마종 중 검마(劍魔)의 제자이자 양아들로서 발검과 함께 어금니를 연상시키는 백색 섬광과 함께 목숨 하나가 사라진다고 한다.

아직 어린 그의 손에 죽은 이는 무려 백이 넘었다.

나보다도 한 살 어린 나이에 일류고수의 경지를 넘어섰다. 속성이 뛰어난 마공이라 가능한 일이겠지만 정말 놀라운 성취였다.

사형 장자량조차 자신보다 다섯 살 연하인 소년의 등장에 놀라는 동시에 경계하고 있었다.

천재이자 일종의 선택받은 사람이라고나 할까.

왠지 어머니 친구 분의 아들 녀석이 생각나는군.

어머니들 간의 인연 때문에 별 볼일 없는 나를 친구로 대우해 주었는데.

사천당문이라는 명문가에 태어났고 여러 가지로 재능을 타고났음에도 결코 성격이 거만하거나 하지 않은, 그렇다고 속과 겉이 다른 위선자도 아닌 진실로 착한 녀석이었지.

그 녀석은 나를 친구라며 점창에 입문할 수 있도록 소개시켜 주었지만 나는 결국 실력 미달로 쫓겨나고 말았다.

그 녀석과 달리 백아탈명이란 녀석은 마도인답게 성격이

좋아 보이진 않았다.

백아탈명은 자신의 등장에 사형 장자량이 놀라든 말든 일체 신경 쓰지 않은 채 나와 사형 장자량, 그리고 말없는 흑암사신을 마치 쓰레기를 보는 듯 차가운 시선으로 바라보곤 말을 이어나갔다.

"성녀님이 부르신다."

그걸로 볼일은 끝났다. 더 이상 상대하기 싫다는 듯 등을 돌려 성큼성큼 걸어가 버렸다.

환희마녀는 백아탈명의 태도에 당황스러운 표정을 지으면서도 이내 평정을 되찾곤 우리를 향해 묘한 기운이 어린 눈웃음을 치며 말했다.

"그 말대로요. 가시죠."

나는 어떻게 해야 할지 고민하면서 의견을 묻기 위해 사형 장자량을 바라보았다.

"사형, 안 가면 안 되겠죠?"

"당연하지. 성녀님이 부르신다."

第四章
성녀(聖女)

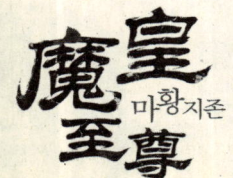
魔皇至尊
마황지존

성월교의 성녀를 만나기 위해 한참을 걸어가야만 했는데 길이 무지하게 복잡했다.

아니, 이건 단순히 복잡하다는 정도를 넘어섰다.

흙과 암석을 파내어 만든 인공 동굴 안으로 들어가 끝없이 걸어가다가 갈래 길이 나타날 때마다 좌우로 꺾기를 몇 번, 사다리를 타고 위로 올라가기도 하고 밑으로 내려가는 것을 반복하여 여기가 도대체 어딘지를 알 수가 없어졌다.

사방이 꽉 막힌 인공 동굴에서 끝없이 이어지는 미로와 같은 갈래 길에 짜증이 났으나 안내를 해주는 환희마녀와 백아탈명이 각자 자신의 개성에 맞추어 은근히 눈치를 주어 어쩔수 없이 물러나며 사형 장자량에게 조심스럽게 물어보았다.

"여긴 왜 이리 복잡한 겁니까?"

"당연히 성녀님이 계시는 곳이니까."

"그래도 너무 심한 것 같은데요."

"어쩔 수 없다. 원래 그런 곳이니까. 십만대산에 터전을 잡고 살아가는 사람들은 늘 중원의 무림인과 관군의 침략을 두려워했어. 그에 대한 대비책을 마련해야 했지."

사형 장자량은 잠시 말을 멈추고 한숨을 토해낸 후에야 십만대산에 얽혀진 역사에 대한 이야기를 이어나갔다.

험준한 산세만으로도 충분히 막아낼 수 있지만 불안감은 완전히 없앨 수 없었기에 이곳의 사람들은 천 년이란 긴 세월을 거쳐 산을 파내고 깎고, 거주지를 포함하여 여러 건물을 만들고, 무너지지 않도록 기둥을 세우기를 몇 백, 몇 천 번을 반복한 끝에 그야말로 보물이 숨겨진 미로와도 비견되는 기묘한 건축 구조를 완성하였다.

십만대산에서 태어나 평생을 살아와 모르는 것이 없다는 어른신도 십만대산 안쪽의 구조를 파악하지 못하고 있으며, 재수없으면 길을 잃고 조난당한 채 어이없이 죽음을 맞이하는 일도 있었다.

몇몇 호기심이 강하고 용기있는 도전자들이 십만대산의

복잡한 건축 구조를 전부 파악하여 나름의 지도를 만들었다고 하는데 어디까지나 사람들이 많이 살아가는 거주 구역을 포함한 극히 일부만을 파악했을 뿐 지도 자체는 미완이라 할 수 있었다.

다시 말해 미완의 지도에 그려진 장소에서 벗어나지 않으면 최소한 조난당하지는 않는다.

예를 들어 심연(深淵)이라는 곳이 있다.

심연은 절대천마가 제자는 물론 자기 자신을 단련시키기 위해서 만든 건축물로 내부가 복잡할 뿐 아니라 기관장치까지 있어 한 번 들어가면 대부분 살아서 돌아오지 못하는 죽음의 공간이기도 하였다. 하나 절대천마가 남겼다는 절세의 마공이 있어 십 년에 한 번씩 수많은 마도인이 도전하였다가 불귀의 객이 되었다.

또 지옥(地獄)이라는 곳이 있다.

같은 마도인조차 어떻게 제어가 안 되는 구제불능의 마귀들을 처리하기 위해 만들어진 일종의 감옥이었다.

지옥의 내부가 어떻게 되어 있는지 마교나 마도의 수뇌조차 알지 못하며 극히 일부를 제외하면 죽어서도 빠져나올 수 없다고 한다.

지금까지 지옥에 떨어졌다가 죽지 않고 팔팔하게 살아서 지상으로 올라온 이는 사실상 혈마 한 명뿐이었다.

혈마는 십만대산에 살아가는 마교도의 양민은 절대 죽여서는 안 된다는 암묵적인 금기를 우습게 여기고 어겼다가 마도 최강인 천마지존에 의해 지옥에 떨어졌다가 기적적으로 살아 돌아온 것이다.

아아, 그냥 그대로 지옥에서 죽어버렸으면 나로선 좋았을 텐데.

모두들 지옥에서 기어올라 온 혈마가 천마지존에게 피의 복수를 할 것이라 확신하였으나 생각과 달리 혈마는 지옥에서 잔혹한 성격이 많이 죽었는지 제자를 키우며 십만대산 밖에서만 살인을 저지를 뿐 그리 큰일은 일어나지 않았다고 한다.

마지막으로 성지(聖地)라는 곳이 있다.

마교가 천년마교라 불렸을 무렵, 초대 교주인 절대천마의 시신과 소장품을 포함해 역대 교주들이 매장되어 있는 일종의 무덤이다.

혹시 있을지 모를 재물이나 마교의 무공에 눈에 먼 이들이 성지 안에 들어가면 살아서는 나올 수 없다.

교주나 성녀조차 죽지 않는 이상 들어갈 수 없다. 다시 말해 교주나 성녀의 시체를 안장하기 위해 성지로 들어가는 이들은 순교를 각오한 이들이라 할 수 있었다.

위의 세 곳을 십만대산의 삼대금지로 불리며 이곳에 사는 사람들에게 접근하는 것조차 금하고 있지만, 워낙 길이 복잡하게 얽혀 있어 재수없으면 삼대금지에 들어가는 수가 생기거나 일부러 그런 길을 찾는 이도 많았다.

그 밖에도 역대 무림인을 잘 살펴보면 흔하지 않으면서도 의외로 쉽게 만나볼 수 있는 이들이 있다.

땅을 파내어 이동하는 지둔술의 경지를 뛰어넘어 아예 넓은 동굴을 만들어내는 것을 즐기는 미친놈으로, 특히 마도인 중에는 미친 정도를 넘어서 예술의 경지에 올라선 이가 있었다.

토룡자(土龍子) 백천의.

별호에 용이 들어가는 것이 뭔가 대단하다고 착각하기 쉽지만, 사실 토룡은 지렁이의 다른 이름으로 평생 땅을 파고 땅을 먹고 살아가는 지렁이와 다를 것 없는 인생을 보냈기 때문이다.

토룡자와 마찬가지로 역시 위험하기 짝이 없는 기관진식을 만들어 자신의 기관진식에 사로잡혀 괴로워하는 것을 지켜보며 즐거워하는 변태가 있었다.

광기마(狂機魔) 제갈공.

광기마는 기관진식 방면의 천재였지만 문제는 너무 변태라서 감당하지 못할 정도로 일을 벌였고, 그가 만든 기관장치에 백여 명이 넘은 정파의 무인을 죽음에 이르게 하였기에 제갈세가에서 절연당하고 원수들에게 쫓기다가 십만대산에 오게 되었다.

토룡자와 광기자는 서로 죽이 맞아 의기투합하였고, 안 그래도 복잡한 십만대산 안에 더욱 복잡한 미로를 만들었다.

이름하여 혼돈동(混沌洞)이었다.

결국 토룡자와 광기마는 자신들이 심혈을 기울여 만든 혼돈동에서 빠져나오지 못한 채 죽음을 맞이했다는 웃지 못할 일도 있었다.

정파의 연합이 사악한 마교와 마도인을 토벌한다는 명목으로 십만대산으로 쳐들어와 자랑하는 험준한 산세의 장벽을 어떻게 뚫고 안으로 들어온다고 해도 오랜 세월 완성된 복잡한 건축 구조에 당황하여 허둥거리다가 각개격파당하거나 조난당하는 굴욕을 겪게 될 것이다.

고생 끝에 성녀가 모셔진 장소에 도착하였다.

그곳은 암석을 파내어 만든 석실로 우리보다 먼저 온 선객이 있었다.

대충 훑어보니 십수 명이 넘으며, 한 가지 이색적인 것은 다들 젊은이였다.

대부분 십대 중반에서 이십대의 청년으로 적어도 서른을 넘어 보이는 이는 없었다.

개중에서도 눈에 들어온 이는 어딘가 모르게 피곤해 보이는 이십대의 남자로 얼굴 가득 나른한 표정 그대로 벽에 등을 붙인 채 늘어져 있었다.

나야 그들이 우리처럼 초대된 객인지 아님 성녀를 모시는 성월교의 신도인지 알 수 없지만 사형 장자량은 환희마녀나 백아탈명을 만났을 때처럼 이번 역시 놀란 표정을 지었다.

"허어! 환희마녀와 백아탈명에 이어 투귀까지 있었다니……"

투귀(鬪鬼) 종리허진.

눈에 생기가 없는 것이 엄청 피곤해 보이고 벽에 등을 붙인 채 늘어져 있는 모습이 호전적인 별호와 전혀 어울리지 않지만 결코 우습게보아서는 안 되는 마도인이다.

후에 사형 장자량이 설명하길, 오대마종 중 하나인 삼전마도(三戰魔刀) 종리쌍무의 손자로 삼전마도에게서 상승의 도법을 전수받아 일류고수의 끝자락에 도달했다고 한다.

사형 장자량보단 강하고 백아탈명과 비교하면 한 수 뒤지지만 진검 승부에 들어가면 승패는 장담할 수 없다.

만사가 다 귀찮은 듯 피곤해 늘어진 겉모습은 일종의 위장인 걸까.

사형이 덧붙이길 투귀보다 경계해야 할 이는 투귀의 동생인 살육귀(殺戮鬼)로 얼굴을 마주하는 것조차 피해야 하다고 한다.

"자랑, 오랜만이다."

투귀는 사형 장자량을 보고 친구를 만난 듯 인사를 하였지만 벽에 기댄 몸을 일으킬 생각은 하지 않았다.

저것이 의도적인 행동이라면 진실로 오만한 사람이거나 이쪽의 감정을 떠보는 것일 수도 있었다.

만약 저게 자연스러운 행동이라면 아줌마 주제에 나보고 오라버니라고 불러도 되냐고 물어본 환희마녀 이상으로 정말 골 때리는 남자였다.

사형 장자량도 투귀의 태도에 화를 내거나 하진 않았지만 쓴웃음을 지으며 인사에 답했다.

"그래, 너도 잘 지냈냐?"

"나야 뭐 그저 그렇지. 살아도 사는 것 같지도 않고 죽고 싶은 것도 아니니까. 죽을 생각은 절대로 없지만…….."

"그래, 소식은 들었다. 네 동생이 큰일을 저지르고 연옥에 들어가 버렸다지? 걱정이 크겠군."

연옥(煉獄).

구제불능의 마도인은 한 번 들어가면 죽어서도 나올 수 없다는 지옥(地獄)에 던져지지만 조금이라도 나은 이들은 지옥이 아닌 연옥이란 곳으로 가게 된다.

지옥이든 연옥이든 둘 다 사람으로선 가지 않는 편이 좋지만 지옥보다는 연옥이 그나마 천에 한 명 꼴로 간혹 살아 돌아올 가능성이 있었다.

지옥에 떨어지든 연옥에 들어가든 십만대산에서 살아가기 위한 암묵적인 규칙인 마도의 양민을 살해한 것이 분명했다.

투귀는 연옥에 들어간 동생의 이야기에 상념에 잠겼는지, 아님 그냥 피곤하고 졸려 눈을 감았을 뿐 벽에 기댄 자세에 어떠한 변화도 주지 않은 채 나로서는 황당한 말을 내뱉었다.

"그 녀석, 차라리 지옥으로 떨어졌으면 피차 서로 좋았을 것을……."

나는 순간 어이가 없어졌다.

제삼자로서 자세한 사정은 알 수 없으나 그게 형으로서 동생에게 할 말이냐!

혈육의 정이 그것밖에 안 되는 것인가?

과연 스승을 죽이는 행위를 자랑으로 삼는 마도인답구나.

나의 사형이나 흑암사신은 마도 세계에 있어서 그야말로 기적과도 같은 존재였다.

그게 아니면 역시 사형과 흑암사신은 자신의 본성을 감춘 위선자이거나 내가 모르는 뭔가가 있는 건가?

그런 나의 생각은 길게 이어지지 않았다.

하얀 천으로 만들어진 장막으로 가려진 석실의 제일 앞쪽에서 어딘가 모르게 고요하면서도 순결한 맑은 목소리가 울려 퍼졌다.

"모일 사람은 전부 모인 것 같으니 이야기를 시작하겠어요."

목소리의 주인은 다름 아닌 성녀였다.

성녀의 말에 벽에 등을 기댄 자세를 고집하는 투귀를 제외한 전원이 공손히 자세를 바로잡았다.

자신을 제외하고 모든 인간을 벌레 보듯 하는 백아탈명조차 공손한 자세를 취하는 것으로 보아 성녀에 대해 존경과 경외의 마음을 가지고 있음이 분명했다.

나는 자신의 태도와 자세를 유지하는 투귀와 달리 그다지 튀는 행동을 좋아하지 않았기에 투귀를 제외한 모두의 분위기에 맞추어 행동하였다.

"제가 아는 분도 계시고 오늘 처음 보는 분도 있군요. 그렇다면 이 자리에서 저를 소개하겠습니다. 저는 성월교의 성녀라고 합니다. 이렇게 저의 소환에 응한 것에 진심으로 감사드립니다."

성녀의 모습은 장막으로 가려져 보이지 않았지만 그림자로 그 움직임을 확인할 수 있었다. 성녀는 성월교에서 가장 높은 사람일 텐데 놀랍게도 우리를 향해 고개를 숙여 인사했다.

"……"

교에서 제일 높다는 성녀가 저렇게 자신을 낮추어도 괜찮은 건가?

뭐, 제삼자인 내가 성녀의 행동에 일일이 신경 쓸 문제는 아니지만……

그것보다 장막으로 자신의 모습을 감추었는데 어떻게 생겼는지 궁금해지네?

일종의 종교적인 신비감을 주려는 것이겠지?

그보다 성녀는 역시 미녀겠지? 혹시 눈이 휘둥그레질 만한 미소녀?

세상의 모든 남자에게 있어서 성녀란 존재는 일종의 꿈이자 낭만이다.

성녀는 무조건 미녀 혹은 미소녀여야 하는 것이다.

성녀가 추녀라곤 절대 생각하지 않는다.

하나 현실은 시궁창이라는 말이 있다.

성녀는 미녀 혹은 미소녀일 거라는 모두의 꿈과 낭만을 부숴 버린다.

예를 들어 성녀가 나이 먹은 할머니라면, 중년의 아줌마라도 모든 이의 꿈은 산산조각나고 절망의 나락으로 떨어질 것이다.

그렇기에 장막 안에 자신의 모습을 감춘 것일지도 모른다.

성녀가 모두를 향해 뭐라 말하는 가운데 나의 머릿속에선 그런 망상이 꼬리에 꼬리를 물고 이어졌다.

나야 사형 장자량을 따라 같이 온 것뿐이니까.

성녀를 포함해서 모두들 나에 대해선 신경 쓰지 않을 것이
니 망상이나 하며 시간이나 보내자. 실로 안이한 생각이었다.

"장 소협, 옆에 계신 소협은?"

성녀는 나에게 관심을 가지고 사형 장자량에게 물어왔다.

"이 아이는 저의 사제로 백무용이라고 합니다."

사형 장자량의 대답에 나는 망상에서 깨어났다.

성녀의 물음에 모두의 시선이 나에게로 집중되었다.

나는 긴장감에 식은땀을 흘리며 더욱 공손하게 자세를 바
로 하였다.

제길! 나는 별거 아닌 놈이니까 그냥 무시해 달라고요.

하나 나의 간절한 바람은 이루지지 않았다.

"알고 보니 혈마님의 제자님이군요. 실례가 되지 않는다면
그분의 무공 수위가 어느 정도인지 물어봐도 될까요?"

"이제 사부님의 혈형마공을 전수받아 일단공에 올라섰습
니다."

"일단공이라면 일 년을 수련하셨군요."

"아니요. 단 하루입니다."

사형 장자량은 나에 대해 숨겼으면 좋으련만 성녀님에 대
한 신앙 때문인지 모든 것을 사실대로 말하였다.

순간 장내에 침묵이 감돌았다.

단 한 번의 운기행공으로 일단공에 올라선 것이다.

아무리 속성의 마공이라고 하지만 있을 수 없는 일이었다.

"영약을 복용하였나요?"

"아닙니다."

"혈마님이 자신의 내공을 전이시켰나요?"

"그것도 아닙니다. 운기행공만으로 일단공에 올라섰습니다."

아아! 모두의 시선이 따가웠다. 특히 백아탈명은 특유의 차가운 눈으로 죽일 것처럼 나를 노려보았다.

환희마녀의 경우는 먹이를 노리는 고양이 같았다.

흑암사신은 머리카락으로 얼굴이 가려져 있어 알 수가 없었다.

유일하게 투귀만이 관심이 없는 듯 아예 눈을 감고 잠을 자고 있었다.

"그 말이 사실이라면 정말 대단하군요. 전설로 내려오는 천무지체일까요?"

"저는 무능하여 아무것도 모르겠습니다. 하지만……."

사형 장자량은 잠시 말을 멈춘 후 이 자리에 있는 모든 젊은 마도인들을 스윽 둘러보며 말을 이었다.

"나의 소중한 사제입니다. 뭔가 나쁜 마음을 먹고 해를 가하려 한다면 제가 가만두지 않을 겁니다."

그것은 모두를 향한 경고였다.

사형 장자량은 성녀에게 거짓말은 하지 못하였지만 그로 인해 생긴 나에게 관심을 가진 젊은 마도인으로부터 나를 보호해 주려는 것이다.

"사형……."

왠지 가슴이 찡해지는 것은 왜일까.

태어나 이런 기분은 처음이었다.

이것이 사제 간의 정이라는 걸까.

이제부터 사형 장자량이라고 딱딱하게 생각하지 말고 사형이라 인정하자. 물론 혈마의 제자가 된 것은 별개의 문제다.

"하하! 가소롭군. 이곳에 모인 이들 중 몇 명이나 흉신혈살이란 허명을 두려워할까? 적어도 나는 아니다."

사형의 협박은 모두에게 효과가 있어 눈을 돌렸지만 통하지 않는 녀석도 있었다.

얼굴이 살짝 길쭉하고 눈이 쭉 찢어진 것이 독사와 같은 얼굴을 한 건방진 녀석으로 사형과 동갑으로 보였다.

독사 머리의 이름은 양정으로 별호는 없었다.

십만대산 밖으로 나가 뭔가 일을 저지르지 않는 이상 사형처럼 별호를 얻는 것은 쉽지 않은 일이었다.

자세한 사정은 모르겠지만 양정은 자신과 비교해 별다를 것도 없고 마도인답지 않게 성정이 착하고 온순한 사형이 흉신혈살이란 대단한 별호를 가지고 있는 사실을 무척이나 마음에 들지 않는 것 같았다.

　사형은 양정의 도발에 매서운 눈으로 노려보았다.

　"나의 흉신혈살이란 별호가 진실로 허명이라고 생각하는 건가?"

　"흥! 실제 네놈이 무섭지 않는 녀석이라는 것은 이곳에 모인 모두가 알고 있는 사실이야."

　"그, 그렇다면 나… 는?"

　생각지 못한 순간에 흑암사신이 나섰다.

　"으으……."

　흑암사신의 나직하고 탁한 목소리에 양정은 자신도 모르게 신음을 토해냈다.

　양정은 사형의 흉신혈살이란 별호를 허명이라며 우습게본 것과 달리 흑암사신에 대해서는 진실로 두려워하였다.

　흑암사신이 알고 보면 착한 녀석이라는 것을 알게 된 나도 녀석을 보면 은근히 무서웠다.

　저 녀석에겐 고루독존의 제자라는 이유에서 비롯된 여러 좋지 않은 소문 이전에 사람들에게 두려움을 일으키는 무언가가 있었다.

"네… 가 무슨 상관으로 나서는 거냐?"

"내 친구… 다."

"그… 게 정말이냐?"

"맞… 다, 친구."

흑암사신은 자신감 없는 목소리로 말하며 불안한 눈으로 나를 바라보았다.

머리카락에 가려져 녀석의 표정은 알 수 없었지만 왠지 불안해하는 것을 알 수 있었으며 거친 숨을 토해내는 것이 은연중 느껴졌다.

"……."

나는 순간적으로 고민하며 침묵하였다. 결국 녀석의 무언의 압박을 받고 고개를 끄덕이는 수밖에 없었다.

착한 녀석이니까 녀석의 친구가 되어주는 것도 나쁘지 않은 일이겠지.

친구가 되어주겠다는 나의 대답을 확인한 흑암사신은 자신감을 얻고 양정을 지그시 바라보았다.

양정은 흑암사신이 두려운 나머지 식은땀과 함께 전신을 부들부들 떨다가 결국 견디지 못하고 고개를 돌려 버렸다.

양정이 흑암사신의 압박을 받고 물러나자 다른 이들도 마찬가지로 고개를 돌려 시선을 피하였다.

백아탈명만은 두렵지 않은 듯 예의 날카로운 눈으로 날 노려보고 있을 뿐이었다.

제길! 아무래도 찍혔구나.

나보다도 어린 녀석이 진짜 무섭게도 노려보네.

모난 돌이 정에 맞는다고, 이래서 어떤 곳이든 너무 잘나고 튀면 안 된다니까.

예전의 무능했던 시절보단 좋지만…….

사형이 나를 보호해 줄 테니까.

내가 어떻게 하지 않으면…….

"말씀들이 끝난 것 같으니 본론으로 들어가겠어요."

성녀는 방금 전까지의 신경전 따위는 상관없다는 듯 말하면서 자연스럽게 이야기의 흐름을 자신 쪽으로 이끌어내었다.

성녀의 입에서 흘러나오는 맑고 청량한 목소리는 듣는 것만으로도 마음이 평온해지기에 가능한 일이었다.

"제가 여러분을 모시게 된 이유는 장차 이곳에서 일어날 일에 대해서 여러분의 도움을 청하기 위해서예요."

"성녀님이 원하시는 일이라면 저의 목숨을 걸고서라도 무엇이든 이루겠습니다."

사형에게 괜한 시비를 걸었다가 흑암사신의 눈빛이 무서워 고개를 돌려 피했던 양정은 생긴 그대로 먹이를 노리는 독사처럼 혀를 날름거리며 아부의 말을 내뱉었다.

"교주님이 중원일통을 원하세요."

성월교에 성녀가 있다면 태양교에는 교주가 존재한다.

성녀가 말한 교주란 다름 아닌 태양교의 교주였다.

두 종교는 본래 하나였으며 태양과 달이 하나가 되어 일월신교라 불린다.

교리상의 견해차로 태양교와 성월교, 교주와 성녀의 파벌로 나누어져 있지만 특별히 사이가 나쁜 것은 아니었다.

그 밖에도 십만대산엔 여러 잡다한 종교가 난립하고 있지만 바깥에서 사악한 짓을 저지르고 도망쳐 온 마도인을 보고 뭐라 하지 않는 것처럼 타 종교도 인정해 주었다.

사실 마교는 여러 종교가 뒤섞인 것이었고, 십만대산에서 같이 살다 보면 자연스럽게 모든 종교가 융합되기 마련이다.

"마도제일의 고수인 천마지존님을 포함해 마도무림의 여러 어르신들께서 교주님의 계획에 동의하였어요. 하지만 역대 교의 역사를 본다면 결국 성공하지 못할 무모한 짓이에요. 많은 사람이 죽게 될 거예요."

십만대산의 역사는 억압과 폭발의 연속이었다.

중원무림 세력과 관군을 피해 십만대산 안에서 웅크린 채 살아가다가 어느 순간 쾅 하고 터져 버린다.

그렇게 참고 참다가 폭발한 대부분은 무림 정복, 혹은 중원 정벌이라는 정신 나간 일을 저지른다.

마공이란 막강한 힘으로 무림 정복이라는 무모한 계획은 성공할 듯 보여도 중원무림의 저력은 생각 이상으로 대단하여 실패하고, 극소수만이 살아남아 다시 십만대산으로 도망치는 것으로 끝을 맺었다.

"저는 교주님과 그분들의 무모한 계획을 막고 싶어요."

성녀의 간절한 말에 양정의 표정이 창백해지더니 말없이 자리에서 일어나 성녀를 향해 공손히 인사를 하였다.

"저는 이만……."

양정은 인사를 끝으로 도망치듯 사라졌다.

그 뒤를 이어 젊은 마도인들도 인사조차 하지 못한 채 양정의 뒤를 따라 도망쳤다.

도망치지 않은 채 자리에 남아 있는 이들은 나와 사형을 포함해 흑암사신, 백아탈명, 마지막으로 아예 바닥에 누워 조용한 숨소리를 내며 잠을 자는 투귀뿐이었다. 환희마녀는 성월교의 신녀가 맞는 듯 성녀 옆에서 공손한 태도로 자리를 잡고 서 있었다.

"제 말을 듣고 모두들 떠나 버렸네요."

성녀는 쓸쓸한 듯 말하였다.

사형은 자신의 잘못도 아닌데 미안한 표정을 지으며 조심스럽게 말했다.

"저기 성녀님, 죄송하오나 여쭤보고 싶은 것이 있습니다."

"말씀하세요."

"교주님이 계획하셨다는 중원 일통에 처의 사부님도 관계 있는 일입니까?"

"혈마님에 대해선 잘 모르지만 천마지존님과 반목한다고 들었는데요."

"확실히 사부님은 천마지존과 원수 사이. 서로 손을 잡을 일은 없겠지요."

수십 년 전 혈마도 아직 젊었을 적에 이유도 없이 그냥 재미삼아서 교의 양민을 학살한 일이 있었다.

외부와 단절된 이곳에서 식량을 생산하는 유일한 존재인 교의 양민은 그야말로 소중한 존재이며 생명줄이나 다름없었다.

마도인은 그런 사실을 알고 암묵적으로 살인과 학대를 금지하였는데 혈마가 그것을 어긴 것이다.

이에 당시에도 마도 최강이었던 천마지존이 나섰다.

혈마는 결국 천마지존에게 붙잡혀 반죽음이 될 때까지 두들겨 맞고 한 번 들어가면 죽어서도 나오지 못한다는 지옥으로 떨어졌다는 과거가 있었다.

혈마는 놀랍게도 지옥에서 살아서 지상으로 올라오는 기적을 이루어내었지만 당한 것은 백배 천배를 갚는다는 그답지 않게 천마지존에게 복수한다며 덤벼들거나 하지는 않왔다.

둘의 실력 차이가 너무나 컸기 때문이다.

오대마종의 하나로 천마지존 다음의 고수가 되었어도 복수는 꿈도 꾸지 않았다.

복수는 포기한 걸까?

아니, 혈마는 아직 기회가 아님을 알고 복수심은 억누른 채 이를 갈며 기회를 엿보고 있었던 것이다.

어쩌면 천무지체와 비견된 천마지체라는 나를 찾아내어 제자를 삼은 것은 복수를 이루기 위해서일지도 모른다. 아니, 분명 그럴 것이다.

"성녀님을 돕겠습니다."

잠깐, 사형! 아무리 성녀님이 좋다고 해도, 아니, 성녀님이 아니라 그때 단상에 섰던 신녀님인가? 어쨌든 아무리 그래도 그렇지, 그렇게 경솔하게 결정하면 어떻게 합니까?

사형에 이어서 백아탈명과 흑암사신도 성녀의 뜻을 따르기로 하였다. 투귀는 여전히 잠에 빠져 일어날 생각을 하지 않았다.

이런 자리에서 저렇게 널브러져 자고 있는 것이 무척 흉한데 깨우면 안 되려나?

나의 생각을 읽은 듯 사형은 고개를 내저었다.

"투귀 저 녀석은 깨우거나 하면 안 돼."

"왜요?"

"투귀가 잠에서 완전히 깨어나면 정말 위험하거든."

"으음……."

투귀라는 작자가 늘 나른하고 피곤한 얼굴에 아무 곳에서나 잠을 자는 행위는 일종의 자신의 마성을 봉인한다는 무엇인 건가?

잠을 자는 투귀와 도망친 이들을 제외한 이곳에 남은 모든 이가 성녀를 따르기로 결정했을 때 모두의 시선이 자연스럽게 나에게로 모여졌다.

분위기의 흐름상 사형의 의견을 따라갈 수밖에 없었다.

"저도 성녀님의 말씀에 따르겠습니다."

본심은 성녀가 하는 일에 상관하고 싶지 않다였지만 나 혼자선 이곳의 흐름을 바꿀 수도, 흐름에서 벗어날 입장도 아니었다.

원래 사람이 사는 세계가 그런 법이다.

대다수의 사람이 그걸 원하면 싫어도 따라야 하는 것이다.

죽어도 따르기 싫다면 이곳에서 도망칠 수도 있지만 나의 입장상 도망칠 수도 없었다.

나의 승낙을 확인한 성녀는 다시 한 번 우리를 향해 고개를 숙여 감사를 표하였다.

"고맙습니다. 여러분의 말씀으로 저는 용기를 얻었어요."

성녀의 감사의 인사에 모두는 고개를 숙였다.

이대로 성녀의 무모한 생각에 동참해야 한단 말인가.

혈마에게 납치되어 제자가 된 것도 부족해 마교 성녀의 계획에 따르게 된 것이다.

아아! 나의 인생이여~!

꼬여도 이렇게 꼬일 수가 있다니.

무공에 무능한 내가 마공이지만 엄청난 재능이 있다는 사실엔 약간이나마 기뻤지만 말이다.

그때 사형이 고개를 들며 말했다.

"성녀님, 저는 당연한 일을 했을 뿐입니다. 그런데 교주님의 계획을 막을 계책은 가지고 계십니까?"

그거야, 사형!

사형을 마냥 사람만 좋은, 혹시 멍청한 남자가 아닐까 하고 생각하였는데 의외로 핵심을 찌르는 질문을 하는구나.

다행이다.

사형의 말대로 아무런 계책도 없이 그저 목적만을 가지고 있다면 아무것도 할 수 없을 것이다.

성녀는 그에 대한 답변을 해야 할 것이다.

성녀가 답을 말할 수 없다면 협력은 무효로 돌릴 수 있다.

성녀가 계책이 없어 말을 얼버무리기를 빌었다.

그렇게 되면 교주의 계획을 막는다는 정신 나간 일에서 빠질 수 있다.

어릴 적 정의의 협객을 꿈꾸었던 나로서는 교주의 무림 정복을 막는 것이 좋겠지만 나이를 먹어가면서 현실과 타협하는 것이 좋은 것임을 잘 알고 있었다.

"계책은 있습니다."

성녀는 자신있게 대답했다.

젠장!

성녀가 저렇게 말하면 안 되는데…….

"성녀님의 고견을 듣겠습니다."

사형의 말에 성녀는 고개를 끄덕이며 말을 이었다.

"천마지존님을 쓰러뜨리면 됩니다."

"예?!"

사형은 놀라 소리쳤다.

나도 성녀의 말에 놀란 표정을 지었다.

성녀는 담담히 말을 이었다.

"교주님의 계획은 어디까지나 마도 최강의 무(武)를 지니신 천마지존님이 있기에 가능한 것입니다. 천마지존님이 패배하신다면 계획은 무산되는 거지요."

사형의 얼굴이 순식간에 사색이 되었다.

"성녀님, 그건 불가능한 일입니다."

성녀는 자신의 의견을 굽히지 않았다.

"아니요. 가능합니다."

사형 또한 물러서지 않고 자신의 의견을 피력했다.

"성녀님, 저의 불손함을 용서하십시오. 성녀님의 말씀은 절대로 불가능한 것입니다. 천마지존은 마도 최강일 뿐 아니라 무림 최강입니다. 어느 누구에게도 굽히지 않는 저의 사부님조차 인정한 사실입니다."

혈마는 피를 보는 것을 좋아하며 잔인하고 잔혹할 뿐 아니라 매우 오만하여 자신이 최고라 생각하고 있었다.

그랬던 혈마가 천마지존과 싸워 비참하게 패하였고 구제불능의 마인을 처리하는 지옥으로 던져진 것이다.

혈마는 지옥에 떨어진 후 겨우 살아 돌아왔지만 복수는커녕 접근조차 하지 못했다.

겉으로는 절대 인정하지 않지만 내심으론 천마지존이 자신보다 강하다는 것을 인정하고 두려워하고 있었다.

그럼 혈마는 약한가? 그렇지 않다.

마도무림 정상인 오대마종의 한 명으로 중원무림의 십대고수 중에서도 으뜸으로 치는 삼무성 중 검왕(劍王)과 싸워 평수를 이루었다.

능히 혼자서 대문파 하나를 지울 수 있는 힘이며, 혈마는 자신의 힘을 믿고 중원을 떠돌며 날뛰었음에도 막을 자가 없었다.

그런 혈마를 누른 천마지존은 삼무성의 한 명이 아니라 세 명 모두와 싸워 손해를 보긴 했지만 이겼다고 하지 않았던가.

무림 최강의 천마지존을 그 누가 당해낼 수 있을까.

없다!

삼무성이 그랬던 것처럼 천마지존을 제외한 오대마종 중 넷이 연수 합격을 한다면 조금이나마 가능성이 있을까?

아니, 그조차 부족할 것이다.

삼무성이 그랬던 것처럼 연수 합격하여 내상을 입힌 다음, 다시 백대마인 전원이 죽음을 불사하고 천마지존을 밀어붙인 다면 가능할지도 모르겠다.

어디까지나 이론상 그렇다는 것일 뿐.

어느 마도인이 미쳤다고 천마지존과 싸우려 하겠는가?

나도 사형의 의견에 동의한다.

성녀는 자신의 생각을 무를 생각이 없는 것 같았다.

"저는 여러분이라면 가능할 것이라고 믿습니다. 장 소협의 말씀대로 천마지존님은 마도 최강을 넘어 무림 최강입니다. 그렇기에 어른들은 천마지존을 인정하고 굴복해 버렸어요. 하지만 여러분과 같이 젊은 분들이라면 충분히 가능성이 있다고 생각해요. 아니, 여러분만이 유일한 희망이에요."

성녀의 간절함이 깃든 그 말에 사형은 깊은 한숨을 토해냈다.

"후우, 성녀님. 분명 시간이 흐르면 젊은이들 중에서 천마지존을 쓰러뜨릴 고수가 나올지도 모릅니다. 저는 너무 부족하여 어렵겠지만 저의 사제를 포함해서 백아탈명과 흑암사신은 그 가능성이 엿보이지요. 하지만 지금 당장은 절대 불가능합니다."

사형은 어떻게든 성녀의 마음을 바꾸기 위해서 조리있게 설명하고 있는데 백아탈명이 끼어들며 가소롭다는 듯 코웃음쳤다.

"홍! 그렇게 무섭다면 다른 떨거지들처럼 도망쳐 보아라. 천마지존은 내가 해보일 테니까."

백아탈명의 도발에 사형은 어떠한 반박도 하지 않은 채 싱긋 미소로 응대하고는 다시 성녀를 향해 말을 이었다.

"성녀님, 교주님의 계획은 코앞까지 다가온 것이 아닙니까? 시간이 부족합니다."

백아탈명을 무시한 것이다.

무시를 당한 백아탈명의 두 눈에서 살기가 무섭게 번뜩였다.

으으, 저놈도 흑암이 녀석 이상으로 무섭네. 사형은 그렇다치고 나는 왜 째려보는 거지?

"시간이라면 있어요. 앞으로 일 년 후 심연의 문이 열릴 거예요."

"아! 그러고 보니 심연의 문이!"

심연(深淵)!

천년마교의 초대 교주 절대천마가 자신의 제자는 물론 자기 자신을 단련시키기 위해서 만들었다는 미궁(迷宮).

"심연은 십 년에 한 번 문이 열리고 석 달의 시간이 지나 다시 닫혀요. 그 후 십 년을 기약해야 하지요. 심연에는 절대천마님이 남기셨다는 절세의 무공이 수없이 숨겨져 있어요. 장소협의 사부님이신 혈마님의 혈형마공은 혈마님이 직접 심연에 들어가 가지고 나온 것이지요?"

"예, 성녀님."

성녀이기에 사문의 일을 숨김없이 사실대로 말하는 사형.

다들 아는 사실이니 숨길 것도 없었다.

"혈마님의 혈형마공뿐만이 아니라 육대마공은 전부 심연에서 나온 것이에요. 모든 마공의 정수인 암화육천마경(暗化六天魔經)이 있어요. 마도인은 심연의 문이 열릴 때까지 절대 십만대산을 떠날 수가 없지요."

심연의 문이 열릴 때까지 일 년의 유예 기간과 다시 문이 닫힐 때까지의 석 달의 시간이 있는 것이다.

그래서 뭐?

어쩌라고?

고작 일 년 하고 석 달의 짧은 시간만으로는 무림 최강이라는 천마지존을 어떻게 할 수 없을 것이 분명했다.

만약 심연에 들어가 절대천마가 남겼다는 암화육천마경을 천운으로 얻었다고 치자.

무슨 천무지체도 아니고, 순식간에 극성까지 도달하여 천마지존보다 강해질 수 있을까?

설마 나는 천마지체이니까 가능하다는 말인가?

에이, 그게 말이 돼?

나의 인생이 소설도 아니고 시궁창 같은 현실에서 그런 말도 안 되는 기적은 일어나지 않는다.

보잘것없는 나의 자존심을 걸고 장담한다.

한편 사형은 성녀의 말에 어이없음을 억지로 숨기는 것 같은 표정을 짓고 있었다.

그걸 보건대 나의 생각과 별반 다르지 않을 것이다.

반면 자신감을 드러내는 이도 있었다.

"두고 봐라. 나는 그 안에 천마지존을 능가할 자신이 있다."

그래, 너 잘났다.

그러니까 나 좀 그만 노려봐!

어쨌든 그걸로 성녀와의 만남은 끝을 맺었다.

성녀가 말하길, 천마지존을 쓰러뜨리면 어떻게든 해결될 문제라고 하지만 지금 당장 어떻게 할 수는 없는 문제였다.

그나저나 도망친 녀석들이 천마지존에게 찌르면 큰일 날 텐데 괜찮을까나.

내가 신경 쓸 문제는 아니지만…….

잠깐! 신경 쓸 문제가 맞잖아!

"걱정 마라. 천마지존은 사부님 이상으로 자존심이 강한 자. 마도 최강이라는 자신의 권위에 도전하는 자는 사정없이 박살 내버리지만 자신을 치겠다는 소문 같은 사소한 문제는 신경 쓰지 않을 거야. 오히려 신의를 어겼다며 경멸하겠지."

"태양교의 교주는요?"

천마지존은 오만하여 신경 쓰지 않는다고 하지만 일의 주체자인 교주는 과연 가만히 있을까?

"그것도 괜찮아. 마교가 태양교와 성월교로 양분되어 있지만 교민의 대부분은 성월교의 신자로 성녀님을 열렬히 지지하고 있다. 교주가 성녀님을 어떻게 할 수는 없어. 무엇보다 성녀님은 교주의 딸이자 천마지존의 외손녀니까."

"……."

잠깐! 지금 사형이 뭔가 무서운 말을 한 것 같은데.

서로 반목하고 있기에 종교상의 파벌 싸움이라 생각했는데 알고 보니 인척 관계였잖아.

부녀가 태양교니 성월교니 나누어진 건 또 무슨 개 같은 경우냐?!

그리고 천마지존의 외손녀?

그럼 교주는 천마지존의 사위란 말인가?

아아! 가족 관계까지 들어가니 간단한 것 같으면서도 무지 복잡했다.

생판 남인 성녀야 그렇다 치고, 중요한 것은 나와 사형의 안위였다.

"우리는요? 가만두지 않을 텐데요?"

"이곳에서 사부님을 어떻게 할 수 있는 사람은 없어. 교주도 마찬가지. 사부님을 억누를 수 있는 이는 오직 천마지존뿐이야. 말했지만 천마지존은 직접적으로 도전하지 않으면 개소리 취급하며 신경도 쓰지 않아."

"그렇다면 다행이지만……."

거참! 혈마, 나는 결코 원치 않지만 내 사부가 된 그 작자가 이런 땐 이렇게 도움이 되다니…….

"흑암사신 그 녀석은요?"

흑암사신은 일단 내 친구가 된 녀석이다. 녀석을 걱정해 주는 것은 친구의 도리였다.

"나… 는 괜찮아."

뭔가 성희롱하는 것 같은 거친 숨소리와 함께 들려오는 탁하고 나직한 목소리에 나는 등골이 오싹해짐을 느꼈다.

"허억!"

나는 놀라 도망치듯이 앞을 향해 높이 뛰어오르며 곁눈질로 살펴보니 흑암사신이 보였다.

녀석은 나의 호들갑에 미안함을 느낀 듯 고개를 숙이며 사과하였다.

"놀라게 해서 미안……."

녀석의 사과의 말에 나는 긴장을 거두고 고개를 내저었다.

"아니, 별로. 놀란 내가 미안하다. 친구인데……."

"정말로?"

"물론이지."

"고마워."

흑암사신은 나의 말에 감동을 받은 듯 고개를 숙이며 음산한 목소리로 말하였다.

고마움을 표하려는 듯 손을 내밀어 나의 손을 붙잡으려 하였지만 사형이 그런 나의 목덜미를 잡아 뒤로 잡아당겼다.

"사형?"

"안 돼."

사형은 고개를 내저으며 나를 보호한다는 듯이 흑암사신의 앞을 가로막았다.

순간 사형과 흑암사신 간에 대치 상황이 이루어졌다.

"흑암사신, 무용 이 녀석은 나의 소중한 사제다. 네 녀석이 무슨 꿍꿍이를 가지고 접근하는지 모르겠지만 나는 나의 사제를 지킬 것이다."

사형의 각오가 담긴 그 말에 흑암사신은 지지 않겠다는 듯 무서운 눈으로 사형을 노려보며 말했다.

"나도… 나의 소중한 친구, 지킬… 거야."

사형과 흑암사신은 서로 자신의 의지를 담아 노려보며 예의 사람에게 두려움을 느끼게 만드는 기운을 내뿜었다.

사형은 흑암사신에게 지지 않겠다는 듯 살기를 내뿜었다.

나의 눈에는 그런 둘 사이의 공간이 왠지 일그러지는 것 같은 착시현상을 확인할 수 있었다.

언제 폭발할지 모를 일촉즉발(一觸卽發)의 상황!

잠깐! 잠깐! 이게 뭐야?! 설마 나를 두고 싸우는 거냐?!

저기, 둘 모두 나를 소중하게 생각해 주니 무척 기쁘긴 한데.

아리따운 여자도 아니고 사내끼리 나를 사이에 두고 싸운다고 생각하니 전신에 두드러기가 일어났다.

"그만! 그만! 둘 다 싸우지 말고 사이좋게 지내자고요!"

나는 소리치며 대치하는 둘의 사이를 가로막았다.

나의 등장에 살기를 거두는 두 사람.

"미안……."

흑암사신이 먼저 나를 향해 고개를 숙여 사과하였다.

"후우! 내가 너무 흥분한 것 같구나."

사형도 한숨을 토해내며 자신의 행동을 질책하였다.

하지만 둘 모두 서로를 인정하지 않는 앙금 같은 것이 느껴졌다.

둘 다 마도인답지 않게 착한 사람이지만 그와 별개로 친해질 수 없는 뭔가가 있는 것 같았다.

왜 이유없이 싫어지는 사람이 있지 않은가.

에휴! 사람의 감정이라는 것이 어떻게 할 수 있는 것도 아니니 싸움을 멈춘 것만도 다행이라고 생각해야 할까.

일단 둘이 싸우지 못하도록 떨어뜨려 놓는 것이 급선무였다.

"흑암, 서로 친구가 되어 기념할 날이니 대작을 해야겠지만 오늘은 사부님의 일도 있고 좀 바쁘거든? 그러니 이만 헤어지자. 나중에 시간이 되면 만나서 한잔 거하게 걸치자."

좋았어. 이렇게 나중을 기약하면서 자연스럽게 흑암사신의 기분을 상하지 않게 헤어지면 사형과 싸우지 않고 끝날 수 있고, 나 또한 집으로 돌아가 편히 쉴 수 있게 되니 그야말로 일거양득이다.

그런데 흑암사신은 뭔가 미련이 남는 표정을 지으며 손을 조심스럽게 내밀며 나의 소매를 살며시 붙잡는 것이 아닌가?

"저기……."

"응?!"

순간 사형의 눈초리가 심상치 않았다.

흑암사신이 나에게 시독을 뿌리거나 뭔가 나쁜 짓을 하는지 매서운 눈으로 노려보는 것이 생생하게 느껴졌다.

이런! 흑암사신을 빨리 어떻게 하지 않으면 안 되겠다.

"저기, 나에게 뭔가 할 말이라도 있어?"

"으응. 저기, 나의… 이름은 흑암… 이 아니야."

흑암사신은 그 말을 내뱉고는 그대로 고개를 숙였다.

얼굴을 가득 뒤덮은 머리카락 때문에 얼굴이 보이지는 않지만 나의 소매를 붙잡은 손을 통해 부끄러워 붉게 상기되어 있는 것을 느낄 수 있었다.

그러고 보니 왠지 거친 숨소리가 들려오는 것 같은 느낌도…….

이 녀석, 그 정도의 일로 이렇게나 부끄러워하다니. 소심의 정도를 넘어섰구나.

"그러고 보니 서로 이름을 몰랐구나. 친구가 되어가지고 미안하다."

여러 우여곡절 끝에 친구가 되기는 했지만 지금까지 서로의 이름도 모르고 있었던 것이다.

"아니, 괜찮아. 나의 실수도 있어."

"좋아. 그러면 나 먼저 말할게. 나의 이름은 백무용이라고 해."

"백무용. 정말 좋은 이름이야."

"하하! 이름 가지고 칭찬을 받다니 이거 부끄러운데?"

"나의 이름은……."

정해랑.

혹암사신이라 불리며 모두에게 공포의 대상이 되는 이치
곤 의외로 평범한 이름이었다.

"정해랑. 좋은 이름이야. 다음부터는 해랑이라 부르도록
할게."

"으응… 나도, 무용……."

第五章
비전절기를 전수받다

皇
魔至尊
마황지존

흑암, 아니, 정해랑과 헤어지고 사형과 함께 거처로 돌아온 후 나는 다시 무공 수련에 매진하였다.

일 년 하고 석 달 후에 마도 최강이자 무림 최강이라는 천마지존을 쓰러뜨린다는 성녀의 정신 나간 계획엔 동참할 생각이 없었지만 무공을 수련하는 것은 별개의 문제였다.

무엇보다 혈마는 자신이 하기엔 귀찮기 때문에 직접 가르칠 생각은 없었지만 삼 일에 한 번은 반드시 내공 성취를 확인하였던 것이다.

혈마의 감시가 아니어도 하루하루 수련할 때마다 내공이

높아진다는 사실만은 나로 하여금 성취감을 느끼게 만들었다.

혈형마공의 구결에 따라 운기하면서 심장에 축기를 반복하는 가운데 한 달 만에 이단계에 올라섰다.

중원무림의 정종심법이라면 불가능한 성장 속도였다.

속성이 강한 마공이라고 해도 경이로울 정도랄까.

내 몸이 과연 존재하는지 의심스러운 천마지체인지 어떤지는 모르겠지만 마공, 적어도 단전 대신 심장에 내공을 축기하는 혈형마공은 내공이 쉽게 쌓였다.

이건 재능이 문제가 아니었다.

성질, 즉 체질과 혈형마공과의 궁합이 최상급인 것이다.

사형은 나의 성취에 크게 놀라며 칭찬의 말을 아끼지 않았다.

"정말 대단해! 사제야말로 무공의 천재야!"

"아니요. 저는 별로……."

사형의 칭찬에 나는 쑥스러운 표정을 지으며 고개를 내저었지만 내심으로는 정말 기쁘기 그지없었다.

한때 정의의 협객을 꿈꾸었던 나로선 육대마공인 혈형마공이라는 점이 좀 걸렸지만, 무공의 천재라는 말에 어찌 기쁘지 않을 수 있을까.

지금까지 느껴보지 못한 기쁨과 성취감에 들뜬 나는 밥 먹을 시간과 잠까지 줄여가며 미친 듯이 혈형마공에 매진하였고, 다시 석 달의 시간이 더 흘렀다.

혈형마공 삼단계의 경지에 올라섰다.

혈마의 제자가 된 지 이제 넉 달.

일류고수인 사형과 동등한 경지였다.

그야말로 번갯불에 콩 볶아먹을 속도.

너무 빠른 내공의 성장 속도에 덜컥 겁이 날 지경이었다.

물론 십 년을 수련해서 삼단계에 올라선 사형과 비교해서 반년도 안 되어서 쾌속으로 삼단계에 올라선 차이는 엄청날 것이다.

무엇보다 혈형마공만을 수련했을 뿐 내공을 활용할 초식은 전혀 수련해 보지 못했다.

내공이 이 정도이니 이제 슬슬 초식을 가르쳐 줄 때가 되지 않았나?

혈마에겐 혈형마공 이외에도 무공이 많았다.

혈형마공을 기본으로 검으로는 혈형마검(血形魔劍),

장법으론 혈형장법(血形掌法),

혈마가 사람을 찢어 죽이기 위해 즐겨 사용하는 혈마수(血魔手),

경공으론 혈지뇌(血之雷),

보법으론 혈운귀행보(血雲鬼行步)가 있었다.

잔인하고 잔혹한 혈마의 살육 무공을 배우고 싶은 생각은 전혀 없지만 말이다.

혈형마공은 어쩔 수 없다고 쳐도 살인 기술만은 배우기 싫었다.

그래, 결정했어! 혈형마공에 점창의 기초 무공을 사용하자.

혈형마공과 점창의 초식 사이에 부조화가 생기겠지만 내가 배운 건 어디까지나 기초적인 것이니 어떻게든 변형시킬 수 있을 것이다.

내공과 초식의 조화에 무수한 시행착오가 발생하겠지만 혈형마공의 성장 속도가 너무나 빠르니 이걸로 시간을 벌고 균형도 맞출 수 있다.

음, 좋아! 그렇게 하자!

나이를 먹고 노인이 되었을 때엔 마공을 정공으로 변형시켜 새로운 무공과 문파를 창시한 대종사가 될지도 모르겠다.

그런 생각과 달리 마음 착한 사형은 혈마에게 찾아가 나에게 혈마의 무공을 전수해 주기를 부탁했다.

"사부님, 사제의 내공은 기초를 넘어서 저와도 동등할 정도입니다. 깨달음을 얻어 사단계를 넘어서면 더욱 강해지겠지요. 그러니 혈형마검이나 혈형장법, 그리고 혈운귀행보와 혈지뇌를 가르칠 때가 된 것 같습니다."

사형은 혈마에게 부탁하면서도 사람을 찢어 죽이는 혈마

수를 제외하는 착한 마음을 보여주었다.

혈마의 살인 무공 따윈 필요없지만 저를 위한 마음은 정말 고마워요, 사형.

마도인답지 않게 착한 사형과 달리 어느 마도인보다도 사악한 혈마는 사형의 부탁에 코웃음으로 답했다.

"둘째에게 초식 따위는 필요없다. 오직 혈형마공만 수련하면 된다."

"사부님, 하지만……."

"네놈, 설마 사부의 말을 거부하려는 건 아니겠지?"

"절대 아닙니다."

착한 사형은 사부가 사악하다고 할지라도 자신의 사부이기에 혈마의 명령에는 절대 거부하지 못하였다.

마음씨 착한 사형이 가진 유일한 단점이었다.

성녀의 일도 그렇지만 사형은 스스로의 생각보단 명분과 권위에 좌지우지되는 사람이었다.

"그럼 사부의 말에 따라라."

"예, 사부님."

사형은 결국 내공 외의 무공을 전수시키는 것을 포기할 수밖에 없었다.

사형은 나에게 다가와 정말 미안한 표정을 지었다.

"미안하다. 사형의 힘이 부족했다."

"아니요. 저는 괜찮습니다."

혈형마공은 내가 수련할 수 있는 유일한 내공심법이었다.

마공에 대한 우려와 달리 마성에 빠져드는 것도 아니니까 괜찮겠지.

그에 비해 혈마의 내공 외의 무공은 하나같이 사람을 죽이기 위해 만들어진 것이다.

단번에 목숨을 거두는 살인검도 아니고 고양이가 쥐를 가지고 놀 듯이 조금씩 상처를 입히는 것을 즐기는, 잔인하게 죽이는 인체 파괴술이었다.

그런 건 배우고 싶지도 않았다.

이후 나는 오직 혈형마공만을 수련하면서 점창의 기초 무공과 결합하려는 몇 가지 시도를 해보았다.

어려울 것이 많을 것이라는 처음의 생각과 달리 기초 무공은 어디든 다들 비슷한 거라서 별다른 충돌 없이 쉽게 조화가 이루어졌다.

두 달도 채 지나지 않아 무공을 완성해 버린 것이다.

"이런, 끝나 버렸네."

허무하다 못해 허탈할 정도였다.

마공의 내공과 정파의 초식의 결합인데 이렇게 쉽게 조화가 이루어질 줄이야.

뭐, 마공과 정파의 초식을 결합한 신기원의 무공을 완성한 것 같지만 사실 대단한 것은 없었다.

어디까지나 점창의 기초 무공이라서 혈형마공으로 육합검법이나 삼재검을 펼치는 것이나 다름없었다.

기초 무공 다음은 내공을 쌓을 수 없었기에 전수받을 기회를 박탈당했다.

"후우! 역시 나에게 남은 건 내공 수련뿐인가?"

혈형마공은 주변의 기를 느끼고 구결에 따라 운기행공하여 심장에 축기할 수 있다면, 시간 차이가 있을 뿐 누구나 혈형마공의 삼단계까진 도달하여 일류고수가 될 수 있었다.

다시 말해 혈형마공을 사승 관계로 비인부전하지 않고 만인에게 공개한다면 조금이라도 재능이 있는 사람이라면 내공에 한에서 누구든 일류고수가 될 수 있는 것이다.

평범한 재능의 소유자인 사형이 십 년 걸렸으니 다른 이들도 십 년에서 빠르면 오 년 안에 일류고수가 될 수 있을 것이다.

"으음, 이거 무공에 대한 고정관념만 바꾼다면 십 년 안에 일류고수로 이루어진 가공할 문파를 만들 수 있겠구나."

혈마의 명령에 따라 혈형마공의 사단계로 올라설 깨달음을 얻기 위해서 운기행공을 하며 여러 생각을 하다가 순간 떠오른 잡념이었다.

다행히 혈마는 자신의 제자로 삼은 나와 사형을 제외하면 어느 누구에게도 혈형마공을 전수해 주지 않았다.

다들 비슷하겠지만 자신의 무공을 몰래 훔쳐 배운 이가 있다면 쫓아가 관계된 사람까지 모조리 찢어 죽일 것이 분명했다.

혈마가 위에 언급했던 실행에 옮겼다면 십만대산의 마도인의 수는 더욱 늘어났을지도 모른다.

"후우! 그런 일이 없어서 정말 다행이야."

한숨 섞인 말과 함께 너무나도 당연하다는 듯이 혈형마공 사단계에 도달했다.

벽을 뛰어넘기 위한 깨달음이나 그와 비슷한 환희 같은 건 전혀 없었다.

이단계에서 삼단계에 올라선 때처럼 너무나도 자연스럽게 사단계의 경지에 이른 것이다.

"어라?"

나는 황당해 고작 그런 말밖에 하지 못했다.

"사, 사… 부님을 찾아… 가 도, 도… 움을 처, 청… 하자."

아무리 착한 사형이라고 해도 제법 충격이 큰 모양이었다.

말까지 더듬는 것을 보아 이번 일에 한에선 사형도 어떠한 도움도 줄 수 없어 보였다.

내공에 한에선 사형보다 높은 경지에 올라선 것이다.

정말 내키지 않지만 사형의 충고대로 혈마에게 도움을 청해야만 했다.

어차피 삼 일에 한 번씩 내공이 어느 정도인지 확인하기에 결국 혈마는 내가 사단계에 들어선 것을 알게 될 것이다.

"잘해라."

사형은 그 말만 할 뿐 혈마를 찾아가는 나를 따라오지 않았다.

으음, 뭔가 불안한데…….

뭐, 사형이라면 괜찮겠지.

혈마는 하루라도 사람을 죽여 피를 보지 않으면 안 될 정도로 미친 자였지만 천마지존에게 크게 당한 후론 천마지존이 두려워 십만대산 안에선 어떠한 살인도 저지르지 못하였다.

그나마 죽여도 괜찮은 마도인은 전부 혈마를 피해 도망쳤다.

사람을 죽이기 위해서는 십만대산 밖으로 나가야 하는데, 나의 내공의 성취를 확인해야 했기에 또 밖으로 나갈 수도 없었다.

어떤 의미로 본다면 나는 혈마를 십만대산에 묶어둠으로써 무수한 생명을 구한 것이나 다름없었다.

이거 생각지 못한 협행을 한 건가?

혈마는 자신의 살인 욕구를 억누르기 위해서 산봉우리에 올라가 매일 참선을 하였다. 얼마나 열심히 하는지 마치 등선할 신선을 연상시켰다.

혈마의 섬뜩한 붉은 머리카락을 본다면 신선이 아닌 지옥에서 올라온 마귀로 보이지만 말이다.

그러고 보니 나는 사단계의 경지에 올랐음에도 머리카락을 포함해서 몸의 어떤 부분도 붉게 변하거나 하지 않았다.

사형은 삼단계의 경지에 살짝 멋을 부릴 정도로 붉은 기운이 감도는데 말이다.

역시 나의 몸에 뭔가 이상이 있는 건가?

"하하하! 이거야 놀랍군. 혈형마공을 수련한 지 고작 반년 만에 사단계라. 과연 너는 천마지체라니까. 나의 예상조차 뛰어넘었구나."

내가 사단계에 올라섰다는 사실에 혈마는 놀라면서도 기뻐 웃음을 터뜨릴 뿐 나의 불안을 해소해 주진 않았다.

나는 참지 못한 채 한 대 맞을 각오를 하고 질문을 던졌다.

"사부님, 제 몸에 뭔가 문제가 있는 것은 아닙니까?"

"왜? 뭔가 이상하더냐?"

"아니요. 그건 아니지만……."

혈마가 말하길, 꾸준히 내공 수련을 하면 삼단계까진 개인 차가 있을 뿐 언젠가는 도달이 가능하지만 사단계엔 장벽이

있어 그것을 넘어서기 위해서는 그에 대한 깨달음이 필요하
다고 했다.

사형은 그 깨달음을 얻지 못해 이 년째 삼단계에서 답보 상
태로 머무른 채 엄청난 심리적 압박을 느끼고 있었다.

그에 비해 나는 별다른 장벽도 만나지 않고 깨달음도 없이
사단계에 올라선 것이다.

몸에 이상이 있는 것 같아 걱정이 되지 않을 수 없었다.

그런 고민을 혈마는 아무것도 아니라는 것으로 일소해 버
렸다.

"너의 걱정은 그야말로 부질없는 것이다. 네가 깨달음 없
이 사단계에 올라선 것은 그야말로 필연."

"그게 무슨 말씀입니까? 쉽게 설명을 부탁합니다."

"크크! 누구보다 훌륭한 체질에 비하면 머리는 멍청한 놈
이구나."

나보고 멍청하다고?! 으으! 짜증나!

혈마 이 작자보다 강한 힘만 있다면 당장 박살 내주었을 텐
데.

혈마를 향해 이를 갈았지만 필사적으로 억눌렀다.

혈마에 대한 나의 감정을 겉으로 드러낸다면 필요가 있기
에 죽이지는 않아도 차라리 죽고 싶을 정도로 두들겨 맞을 것
이 분명했다.

지금의 나는 머리를 숙이는 수밖에 없었다.

"무능한 제자가 위대하신 사부님께 가르침을 청합니다."

성격 더러운 혈마에게 두들겨 맞지 않기 위해서 시간이 있을 때마다 연습해 왔던 아부의 말에 혈마는 다 알면서도 기분이 좋은 듯 만면에 미소를 지으며 고개를 끄덕였다.

"후후후, 좋다. 위대하신 내가 가르침을 내려주마."

혈마의 그 말에 경청하겠다는 듯 더욱더 고개를 낮추었다.

"깨달음이란 무엇이냐? 그건 원하는 것을 몰라 고민하며 이것저것 궁리한 과정 끝에 찾게 된 해답을 말한다. 하나 애초부터 자신이 원하는 해답을 알고 있다면 깨달음이란 불필요하겠지."

"설마 저는 해답을, 깨달음을 알고 있다는 말입니까?"

"그렇게 설명했는데 아직도 모르는 거냐? 크큭! 너 정말 멍청한데?"

"……."

나는 고개를 숙였다.

으으, 왠지 굴욕이다.

혈마는 뭐가 좋은지 빙글빙글 웃으며 말을 이었다.

"좋다! 내 특별히 더욱 알기 쉽게 설명해 주마. 내공 수련이란 일종의 목적지를 향해 길을 걷는 것이다. 내공의 양이란 걸어간 만큼의 거리를 말하며 오래 걸을수록 목적지에 가까워지는 것처럼 오랜 시간 수련할수록 내공은 높아진다. 주변의 기를 느끼고 운기행공하여 축기하는 것을 두 발로 걷는 것으로 친다면, 걸을 수만 있다면 개인차가 있을 뿐 언젠가는 목적지에 도착할 것이다. 하나 목적지에 도착할 때까지 순탄하지만은 않다. 잘 닦여진 탄탄대로가 있는가 하면 걸어가기 힘들 정도로 거친 자갈밭도 있고 걸을 때마다 발이 푹푹 빠지고 의복이 더러워지는 진흙탕은 물론 한 걸음조차 걷기 불가능할 것 같은 수렁도 있다. 사람마다 지니고 있는 길의 차이가 바로 재능이라 할 수 있다. 탄탄대로를 가진 자에 비해 자갈길이나 진흙탕을 걷는 이들은 상대적으로 늦을 수밖에 없으며, 수렁이 눈앞에 나타난다면 사람의 노력으로 어떻게 따라잡을 수는 없을 것이다. 그러다가 돌연 장벽이 나타난다. 사람들이 말하는 무공의 경지의 벽이다. 사람들은 눈앞에 나타난 장벽을 뛰어넘기 위해서 각자 여러 방법을 생각해야 하며, 포기하면 그걸로 끝난다. 포기하지 않고 방법을 찾은 끝에 넘어갈 방법을 찾는다면 장벽 너머의 길로 들어설 수 있겠지. 포기하지 않고 노력해도 장벽을 뛰어넘지 못하는 멍청이도 존재하지만 말이야. 한데 걸어가는 길이 탄탄대로일 뿐 아니라 앞을 가로막는 장벽마저도 없다면 어떨까?"

"설마 제가?"

"그렇다. 네놈의 앞에 장벽 따위는 없었던 거다. 지금 본다면 최소한 혈형마공 사단계까진 말이지.”

혈마의 설명으로 궁금증은 풀렸지만 이거 기뻐해야 하는
건가?

특별히 마성에 빠져 피를 보고 싶거나 하지 않는 것 같으니
괜찮겠지.

“좋아! 오늘은 정말 기쁜 날이다. 너에게 나의 고명한 절기
를 전수해 주마.”

혈마는 나의 성취에 기쁜 나머지 그동안 사형에게 일체 맡
겼던 무공 수련을 손봐주기로 결정한 것이다.

혈마 당신이 전수해 준 무공 따윈 필요없다니까. 혼자 하시
오.

이런 마음을 숨긴 채 나는 감격으로 가득한 표정을 지으며
머리를 낮게 숙여 감사를 표하였다.

“사부님의 헤아릴 수 없는 은혜를 느낍니다.”

사형이 평소 혈마에게 보여주던 진실로 공손한 태도, 아부
신공을 오 할가량이지만 습득한 행동과 혓바닥은 기름을 칠
한 것처럼 매끄럽기 그지없었다.

“하하하! 나에게 아부하는 것이 제법이구나. 하지만 앞으
로는 금물이다. 나의 제자가 된 이상 자부심만은 버려서는 안
되니까. 너란 녀석은 십 년간 수련해서 겨우 삼단계에 이른
무능한 첫째와 비교해 큰 보물이니까.”

"예, 사부님. 명심 또 명심하겠습니다."

혈마는 아긴다고 말하였지만 절대 기쁘지 않았다.

오히려 착한 사형을 무능하다며 무시하는 행동엔 살짝 화가 났다. 예전에 나도 무능하다며 이리저리 채이지 않았던가.

사형에 대한 정도 있고, 예전의 내 처지와 비슷해 왠지 모르게 동병상련이 느껴진 것이다.

어쨌든 지금은 나의 마음을 숨겨야 한다.

혈마. 사악한 마인이 나에게 무공을 가르친 다음 무슨 짓을 시키려는지 모르겠지만, 힘을 얻은 후엔 반드시 지금까지 저지른 악행의 대가를 치르게 해줄 생각이었다.

혈마가 절기를 전수한다고 말했어도 정작 가르쳐 준건 혈형마검도 혈형장법과 같은 초식도 아닌 혈형마공이 지닌 내공의 사용 방법이었다.

내공과 초식, 그리고 마음의 조화를 따지는 정종의 내공심법과 달리 마공은 근본부터가 속성에 의한 빠른 성장을 위해 만들어진 것이었다.

여러 이유로 탄압하고 말살하려는 적들에 맞서 살아남기 위해서 어떻게든 빨리 많은 고수를 만들어내기 위한 무공이었다.

덕분에 마공으로 일류고수가 되긴 쉬워도 절정의 고수가

되는 일은 어려우며, 초절정의 고수는 한 세대에 한 명도 나오기 어려웠다.

그랬던 것이 마도무림에 오대마종이라 불리는 다섯의 초절정고수가 나타난 일은 그야말로 이례적인 일이라 할 수 있으며 정종 무공을 오랜 시간을 들여 극성까지 수련한 삼무성보다도 강한 천마지존의 존재는 마도무림의 기적과도 같은 것이었다.

마교의 교주가 무림 정복을 꿈꾸는 것도 무리는 아니었다.

마공은 성장이 빠른 만큼 초식과의 조화는 완전히 포기했고 마음에 대해서는 아예 신경조차 쓰지 않았다.

마도인 중에 살인귀나 이상한 녀석이 많은 것도 빠르게 성장하는 내공을 마음이 따라가지 못하기 때문이다.

"막강한 내공에 절묘한 초식이 조화를 이룬다면 그것만큼 금상첨화가 없겠지. 하지만 그딴 건 시간이 너무 오래 걸려. 정파 나부랭이나 하는 시간낭비다. 굳이 조화를 이룰 필요가 없이 내공에 초식을 때려 맞추면 되는 거다. 그것조차 못하면 내공 자체의 힘으로 어떻게든 하면 된다. 크크! 그렇게 생각하면 혈형마공은 정말 좋은 마공이지."

혈마는 웃는 얼굴로 오른손의 검지를 사용하여 지신의 왼손 손목을 갑자기 찢어버렸다. 일순간 손목의 상처에서 붉은 피가 왈칵 쏟아졌다.

헉! 뭐지?

나는 너무도 갑작스런 상황에 놀라 두 눈을 부릅뜰 수밖에 없었다.

혈마의 손목 상처에서 쏟아져 나온 피가 바닥으로 떨어지거나 흘러내리지 않은 채 거대한 낫의 형상을 만들었다.

"크크! 혈형마공은 내공이 피의 흐름과 함께하며 피를 지배하는 무공이다. 사단계부터 외부로 방출할 수 있는데, 나 정도 되면 이런 것도 가능하지."

혈마는 자신의 피로 만들어진 거대한 낫을 무려 십 장 밖에 서 있는 나무를 향해 휘둘렀다.

피의 낫은 혈마와 분리된 듯 날아가 나무를 단숨에 두 동강 내버린 후 잘게 흩어져 붉은 안개가 되더니 거대한 손이 되어 어른 몸통만 한 바위 하나를 들어 올렸다가 꽈득 하는 소리와 함께 가루로 만들었다.

바위보다 무른 사람이었다면 단번에 피 곤죽이 되었을 것이다.

모든 파괴 작업을 마친 붉은 안개는 혈마에게로 돌아왔다.

혈마는 자신의 피로 이루어진 붉은 안개를 전신의 모공으로 흡수해 버렸다. 피가 쏟아져 나왔던 손목의 상처는 처음부터 없었다는 듯 사라졌다.

"크크! 보았느냐? 무기 따위가 없어도 자신의 피로 어떤 무기든 만들어낼 수 있고 다시 회수하는 것도 가능하지. 또한 웬만한 상처쯤은 순식간에 나아버린다. 혈형마공이 구단계 극성에 이르면 절대 죽지 않는 불사신이나 다름없다."

"제가 과연 할 수 있을까요?"

혈마가 과시하듯 보여주었던 말도 안 되는 기이한 초능력에 그만 기가 죽어버렸다.

사람만 잘 죽이는 줄 알았더니 자신의 피를 가지고 별걸 다 하잖아. 무엇보다 어떠한 상처를 입어도 순식간에 나아버리는 불사신 같은 회복 능력에 절망감을 느꼈다.

이런 괴물을 어떻게 이길 수 있을까.

이런 괴물 같은 혈마를 가볍게 눌러 버렸다는 천마지존은 얼마나 강한 괴물인 거지?

혈마를 어떻게 하긴 위해선 힘이 필요해.

더욱 큰 힘이……

더욱 큰 힘에 관한 것은 나중에 어떻게든 찾아볼 문제였다. 지금 당장은 혈마에게 절기를 전수받아야 했다.

"크크! 이것이 너에게 전수해 줄 절기다."

패력혈강장(覇力血强掌)!

응축된 기를 장심으로 내뿜는 일종의 장력이었다. 실제 다른 문파의 장력과 크게 다르지도 않다.

혈마의 말에 의하면 피가 내공의 흩어짐을 막아주기에 그 위력과 사정거리는 다른 장력의 몇 배 이상이다.

패력혈강장만의 특징이며, 대단한 점은 어차피 한정된 길을 가진 기혈과 달리 혈형마공은 피가 흐르는 곳이면 어디든 이동이 자유롭기에 손바닥만이 아니라 몸의 어디든 사용 가능하다는 점에 있었다.

처음 배울 때 손바닥을 통해 발현되어 일단 패력혈강장이라 부를 뿐 혈형마공의 경지가 높아질수록 전신 곳곳으로 핏빛의 장력을 내뿜을 수 있다.

다시 말해 공격에 있어 사각이 없었다.

패력혈강장이 대단하다는 것은 알겠는데 패력혈강장란 이름에서 왠지 소림의 칠십이예 중 하나인 대력금강장이 떠오르는 것은 왜일까?

그러고 보니 혈마의 모든 무공은 혈마가 심연에 들어가 혈형마공을 얻어 수련하고 그걸 기본으로 자신이 직접 만든 것으로, 모든 무공 명에 혈(血) 자가 반드시 들어가 있었다.

혈마의 작명 감각이 얼마나 빈약한 것인지 느낄 수 있는 대목으로 그의 새로운 면을 깨달을 수 있었다. 나라면 패력혈강장이 아니라 혈형구현화기(血形具現化氣)라 이름 붙였을 것이다.

"패력혈강장을 사용하기 위해서는 먼저 장심에 상처를 내어 피를 흘려야 한다."

상처를 입고 피를 흘려야 한다는 말에 나의 얼굴에는 자연스레 거부감이 떠올랐다.

"으으, 정말로 피를 흘려야 하나요?"

혈마는 고개를 끄덕이며 사악한 웃음을 흘겼다.

"크크크, 처음엔 조금 아플지도 모르지만 계속 하다 보면 쾌감을 느낄 수 있을 거다."

그런! 변태 같은!

혈마는 사악한 마도인이자 잔혹한 살인귀이며 변태이기도 하였던 것이다.

혈마는 그야말로 최악(最惡)의 인간이었다.

혈마는 빙글빙글 웃으며 설명을 이어나갔다.

"세상엔 여러 이유로 심적 중압감을 견디지 못해 비수로 팔목을 긋거나 자신의 몸에 상처를 내는 이들도 있지."

그런 미친!

세상에 어느 미친놈이 있어 그런 헛짓거리를 한단 말인가.

"크크! 네놈이 굳이 믿지 않아도 상관없다. 사람만이 아니라 짐승들도 마음이라는 것이 있어 뭔가 마음에 상처를 입고 중압감을 느끼면 스스로 자신의 몸에 상처 입히는 일도 흔하지. 짐승이 그러한데 만물의 영장인 사람이라면 더욱 심하겠지. 사람의 마음이란 사기그릇보다도 약하여 쉽게 깨져 버리지. 네놈이 지금까지 진정한 어둠을 보지 못해 심적 중압감을 느껴보지 않았거나, 혹은 네놈의 마음이 생각 이상으로 강인하다는 거겠지. 뭐, 아무럼 어때. 네놈은 혈형마공을 잘 수련하여 갈고닦으면 그만이다. 알겠느냐?"

"예, 사부님."

대답과 함께 고개를 숙이며 혈마에 대해서 생각했다.

혈마는 잔혹한 살인귀에 변태이기도 했지만 나이를 헛먹은 것은 아니었다.

혈마의 말이 사실인지 어떤지 모르겠지만 사람의 마음에 대한 그 나름의 통찰력을 가지고 있었던 것이다.

팟!

일순간 손바닥에 구멍이 뚫렸다.

내가 피를 흘리는 것을 주저하자 혈강지를 날려 뚫어준 것이다.

워낙 순식간의 일이었고 뼈와 근육 신경을 전혀 건들지 않은 채 깔끔하게 관통했기에 살짝 따끔할 뿐 크게 아프진 않았다.

그래도 손바닥의 상처를 통해 뜨끈한 피가 줄줄 흐르는 모습에 비명을 터뜨리지 않을 수 없었다.

"으아아악!"

비명 소리에 혈마는 더욱더 기뻐하며 광소를 터뜨렸다.

"크카카카카카! 그래, 질러라! 터뜨려라! 다른 이의 고통이 나의 즐거움! 다른 이의 불행은 나의 행복일지니!"

혈마의 그 지랄에 정신을 차리고 입을 굳게 다물었다.

젠장!

비명을 지르는 것으로 혈마를 즐겁게 만들 수는 없다.

아무리 아파도 근성으로 버텨주겠다!

혈마는 광소를 멈추고 자신이 잘라 버린 통나무를 향해 고갯짓으로 명령을 내렸다.

"가르쳐 준 대로 패력혈강장을 날려라."

혈마의 명령에 고개를 끄덕이는 수밖에 없었다.

"예, 사부님."

내공을 손바닥에 모으는 것은 어렵지 않았다.

혈형마공의 경지는 사단계.

사형에게 배운 운용법도 자유자재로 할 수 있었고 보통의 인간과는 비교도 안 될 괴력과 지치지 않는 체력을 가지고 있었다.

실제 해본 적은 없지만 지금의 나라면 곰이나 호랑이와 같은 맹수도 맨손으로 간단히 때려눕힐 수 있을 것 같았다.

이건 내공의 힘으로 몸의 특정 부분에 집중하면 더욱더 강인해지고 단단해진다.

다른 내공심법도 비슷한 능력을 가지고 있겠지만 혈형마

공은 육체의 강화 능력은 뛰어난 대신 몸 밖으로 내공을 발산하는 검기나 장력의 사용은 어려운 점이 많았다.

자칫 몸 안의 피가 왕창 쏟아져 나와 실혈사할 위험이 높았다.

사형은 이제 삼단계의 경지로 육체 능력은 그야말로 발군.

비슷한 내공 수준의 일류고수라면 한두 명 정도는 가지고 놀 수 있으며 세 명이라면 대등하게 상대할 수 있을 것이다.

하나 내공을 외부로 발산하는 장력을 사용하진 못했다.

내가 도달한 사단계라면 이야기는 달라진다.

삼단계와 비교해 피에 대한 지배가 높아져서 내공의 발산에 의한 실혈사를 막을 수 있다.

더욱 높은 경지에 이르면 혈마처럼 피를 자유자재로 변형시킬 수 있을 것이다.

짜앙!

폭음과 함께 혈마가 가리켰던 통나무의 한가운데에 머리만 한 구멍이 만들어졌다.

장심을 통해 핏빛 장력이 발사된 것이다.

생각한 것 이상의 위력이었다.

"대단해……."

나는 내가 한 일에 감탄사를 토해내고는 생각난 듯 구멍이 뚫린 손바닥을 살펴보았다.

상처는 처음부터 없었다는 듯 흔적도 없이 사라졌다.

장력을 사용하기 위해 혈형마공의 기운을 집중하는 것으로 상처는 회복된다는 이치를 깨달았다.

"사단계에서 이 정도의 파괴력이라면 상당한 거지만……."

혈마는 구멍이 뚫린 통나무를 살펴보면서 뭔가 이상하다는 듯, 혹은 만족스럽지 않다는 표정으로 입맛을 다셨다가 고개를 끄덕였다.

"첫째를 불러와라. 너랑 한판 붙여봐야겠다."

"예?!"

혈마가 지금 무슨 소리를 하는 거지?

"뭐 하냐? 빨리 불러와."

"예, 사부님."

사형을 찾아가 혈마가 사형을 찾는다고 말해주었다.

"알았다."

큰 고민에 빠진 듯 좌선하고 있던 사형은 알겠다는 듯 고개를 끄덕이고는 나와 함께 혈마를 찾아갔다.

"사부님, 부르셨습니까?"

사형은 언제나와 마찬가지로 예의를 갖추어 혈마에게 절을 하였다.

혈마는 인사받기도 귀찮다는 듯 손을 휘익 내젓고는 나를 가리키며 말을 이었다.

"한판 싸워봐라."

"예, 사부님."

사형은 알겠다는 듯 대답하며 몸을 일으켜 나와 거리를 두고 대치하며 내가 모르는 어떤 무술의 기수식을 취하였다.

아마도 혈마가 전수해 준 무술일 것이다.

나는 혈형마공과 절기라면서 소림의 대력금강장과 이름이 비슷한 패력혈강장만을 배웠기에 사형의 기수식이 무슨 무술인지는 알 수가 없었다. 하지만 심장을 시작으로 전신 곳곳을 휘몰아치는 사형의 피의 흐름을 느낄 수 있었다.

사형의 발군의 장기인 육체 강화였다.

사단계의 경지에 도달한 후 알게 된 사실인데, 혈형마공이 가진 능력 중에는 상대방의 피의 흐름을 읽어내는 힘도 있었다.

사람의 움직임이란 결국 피의 흐름.

경험이 많았다면 피의 흐름을 보고 상대의 움직임조차 예측할 수 있을 것이다. 특히 피가 격렬하게 움직이는 혈형마공 쪽이 읽기 편했다.

"저기 사부님, 저는……."

사형과 싸우기 싫었기에 혈마에게 뭐라 변명의 말을 하려고 했지만 마땅히 떠오르는 말이 없었다.

사제 간의 비무는 흔한 일이기 때문이다. 문제될 것은 하나도 없었다.

혈마는 내가 하려는 말 따위는 관심 없다는 듯 무시하고 우리를 향해 소리쳤다.

"실전처럼 최선을 다해라!"

"존명!"

사형이 대답하며 멍하니 서 있는 나를 향해 무섭게 달려들었다.

과연 사형다웠다.

사형은 착하긴 하지만 사부의 말이라면 불속이라도 뛰어들 고지식한 위인이었다.

어떤 명령을 받더라도 절대 거부하지 못할 것이다. 죽으라고 해도 죽는다. 그것이 사형이었다.

어떻게 하지?

내가 고민하고 있는 사이 단단한 바위도 일격에 가루로 만들 사형의 일권이 나의 얼굴을 향해 날아왔다.

"윽!"

신음을 토해내며 고개를 뒤로 젖히고 뒷걸음질치며 피했다.

그것은 실수이며 오만이었다.

사형은 나처럼 피의 흐름을 읽고 나의 움직임을 예측하는 능력은 없지만 십 년간 꾸준하게 수련해 온 일류고수다.

　내공만 일류인 반푼이가 아닌 것이다.

　얼굴을 향해 휘둘렀던 주먹의 기세에 몸을 맡기며 그대로 몸을 비틀고 회전하며 발을 날렸다.

　권각을 배운 삼류무인이라도 사용할 수 있는 원앙각이었지만 싸움을 포기하고 도망치는 나에게 사용하기엔 딱 적절한 일격이기도 하였다.

　옆구리에서 커다란 쇠망치로 얻어맞는 격통이 느껴졌다.

　"크억!"

　나는 비명을 터뜨리며 그대로 날아가 땅바닥을 뒹굴었다.

　사형은 자신의 발에 맞고 날아간 내가 걱정스러운 듯 얼굴이 조금 일그러졌지만 이내 마음을 다잡고 혈마를 향해 포권을 하며 명령을 기다렸다.

　혈마는 콧방귀를 뀌었다.

　"뭐 하냐? 마무리를 지어라."

　"사부님, 그 말씀은?"

　"너에게 실전이란 어린애 장난 같은 것이더냐?"

　헉! 설마?! 나를 죽이라고?!

　사형의 얼굴도 순식간에 창백해졌다.

　"그것은……."

혈마는 히죽 웃으며 엄지로 자신의 목을 그었다.

사형은 사부의 명령과 나를 두고 엄청난 고민에 빠진 듯 전신을 부들부들 떨었다.

나 역시 어떤 마음에 전신을 부들부들 떨며 뒹굴던 땅바닥에서 몸을 일으켰다.

혈마 저 개자식이!

자신의 제자에게 무슨 짓을 시키려는 거냐?

순간 혈마를 향한 엄청난 분노가 치솟는다.

처음 혈마를 만났을 때엔 감히 두려워 결코 하지 못할 마음의 변화였다.

폭발할 것 같은 분노에 맞추어 나의 심장은 살아오면서 어떤 때보다도 빠르고 결렬하게 뛰기 시작했다.

혈형마공이 미친 듯 요동친다.

혈형마공의 폭발적인 힘의 파동과 함께 나의 머리카락과 눈동자를 포함한 전신이 섬뜩한 핏빛으로 변화하였다.

"크아아아!"

짐승과 같은 괴성을 내지르며 혈마에게 달려들었다. 하지만,

꽈앙!

혈마의 전신에서 피의 안개가 뿜어져 나와 구현된 붉은 장

벽에 가로막혀 전진할 수가 없었다.

패력혈강장의 변형의 일종인 호기강기인 건가?

혈마의 붉은 장벽은 강철처럼 단단한 것은 아니었지만 폭포수의 거센 물살을 헤쳐 올라가려는 것 같은 압력이 느껴졌다.

혈마가 방어가 아닌 공격으로 전환한다면 나의 몸쯤은 가볍게 으스러질지도 모르겠지만, 혈마는 그저 유쾌한 듯 웃음을 터뜨릴 뿐이었다.

"크하하하하! 이거 정말 재미있구나!"

혈마는 극적인 변화가 정말 즐겁다는 듯 바라보다가 순간 생각났다는 듯 말을 이었다.

"무능한 놈! 멍청이! 너는 좋은 제자인 척했지만 그래 봤자 재능이 전혀 없는 이상 쓰레기에 지나지 않는다. 그러니까 이런 때라도 도움이 되어라. 너는 멍청이지만 무슨 말인지는 알겠지?"

혈마의 그 말에 분노는 한층 더 불타올랐다.

뭔 헛소리를 하는지 모르겠다, 개자식아!

그보다 무공에 재능이 없는 게 그렇게 죄가 된단 말이냐!

아무리 열심히 노력해도 쓰레기란 말이더냐, 개자식아!

분노가 머리끝까지 치솟아 정신이라도 나가 버려 혈마를 향해 내가 아는 모든 욕설을 내뱉으려고 했지만 나보다 먼저 사형이 혈마의 말에 답했다.

"사부님, 못난 제자의 도리를 다하겠습니다."

군사부일체(君師父一體).

제자가 사부님의 말씀을 따르는 것은 이 시대를 살아가는 이들의 당연한 도리이며 덕목이다. 결코 죄악이 아니다.

내 생각은 전혀 다르지만 말이다.

땅을 박차는 엄청난 각력에 지면이 폭발하며 사형의 신형은 아홉의 잔영으로 나누어지더니 혈마에게 덤벼들려는 나를 향해 무서운 속도로 쏘아졌다.

혈마의 독문신법 혈지뇌(血之雷).

기본적으로 일직선으로 전진하는 신법과 달리 좌우를 불규칙적으로 이동하기에 분신과 같은 잔영이 만들어진다.

이어 사형의 양손이 좌우로 펼쳐졌다.

사형의 양손이 마치 피처럼 붉게 달아오르며 나를 향해 쏘아졌다.

혈마의 독문장법인 혈형장법(血形掌法).

혈마가 절기라며 전수해 준 패력혈강장이 몸 안의 내공을 몸 밖으로 발산하는 격장공이라면, 혈형장법은 내부의 힘을 극대화하며 목표물을 파괴하는 장타!

사형의 손에 실린 가공할 힘이라면 나무든 바위든, 설사 강철이라도 부숴 버린다.

웬만큼 단련해도 물컹한 인간이라면 일격에 피 곤죽이 되었을 것이다.

위험하다!

정면에서 저걸 맞는다면 나는 반드시 죽는다!

생명의 위기였다.

혈마에 대한 분노에 지배당한 와중에서도 나의 마음은 둘로 나누어진 듯 머릿속은 차갑게 식어갔다.

사형의 혈형장법에 맞설 무공을 생각한다.

점창의 기초 무공은 쓸모없다.

무엇을 사용하든 부서지는 것은 나일 뿐.

내 쪽이 내공이 높으니 한두 번은 버틸 수 있을지도 모르겠지만 그걸로 끝. 사부인 혈마의 명령에 따르는 사형은 멈추지 않을 것이다.

사형이 가지지 못한 나만의 무공을 사용해야 한다.

패력혈강장(覇力血强掌)!

아홉 명의 사형의 장력이 나의 몸을 두들기기 직전, 나의 양손을 통해 붉은색의 기운이 쏟아졌다.

꽈아앙!

붉은 폭발에 사형은 제대로 대항조차 하지 못한 채 나가떨어졌다.

혈마는 사형이 나가떨어지는 모습에 광소했다.

"크하하하하! 바로 그거야! 나의 비전절기 패력혈강장의 진정한 위력이란 바로 이 정도는 돼야 한단 말이지!"

혈마의 광소에 나는 뒤늦게 정신을 차리며 전신이 피범벅이 된 채 나뒹구는 사형의 모습을 확인했다.

"사형!!"

사형을 향해 달려갔지만 엄청난 현기증이 들며 한 걸음도 걷지 못하고 주저앉았다.

혈마는 정신 나간 듯한 웃음을 멈추고 나를 향해 다가오며 말했다.

"나의 사랑스런 제자야, 지금은 움직이지 않는 것이 좋다. 너 정도의 미약한 수준으론 패력혈강장의 위력이 높아질수록 피의 소모가 심해지니까. 뭐, 저기 뒹구는 쓰레기의 피를 먹으면 금방 회복될 거다."

혈형마공을 수련하면 다른 이의 피를 먹음으로써 소모한 피를 회복할 수 있는 것 같았다.

홍! 먹을 성싶으냐!

이를 악물며 근성으로 몸을 일으키며 혈마를 노려보며 소리쳤다.

"닥쳐!"

혈마의 얼굴이 한순간에 굳어지고 두 눈은 가늘어졌으나 이내 활짝 미소 지었다.

"크크크. 뭐, 나쁘지 않아. 너는 나의 소중한 제자니까. 나에겐 한 가지 원칙이 있다. 제자는 죽이지 않는다. 크크크크."

혈마는 기분 나쁜 웃음 섞인 말을 끝으로 모든 볼일이 끝났다는 듯 산을 내려갔다.

나는 떠나는 혈마의 뒤통수를 매섭게 노려보다가 재빨리 사형을 향해 달려갔다.

너무 많은 피를 내뿜어 현기증 때문에 어질했으나 꾹 참아내고는 쓰러진 사형의 몸을 일으켰다.

"사형!"

다행히 사형은 죽지 않았다.

혈형마공이 가진 육체 강화 및 회복력은 나의 패력혈강장을 견뎌낸 것이다.

만약 사형이 죽었다면 내가 저지른 죄의 죄책감에 어떻게 살아야 할지 몰랐을 것이다.

하지만 아직 안심할 때는 아니었다.

즉사하지 않았을 뿐 여전히 큰 중상이었다.

"으으, 사제, 너… 는 역시 대단… 해."

"사형, 더 이상 말하지 마세요. 의원을……."

"나… 를 대신… 해 사부… 님을……."

'제자를 죽이려는 그딴 녀석은 사부가 아닙니다' 라고 말하고 싶었지만 지금은 이럴 때가 아니었다. 사형을 살려야 한다.

　근데 이곳 십만대산에 제대로 된 의원이 있을까?

第六章
소녀를 구하다

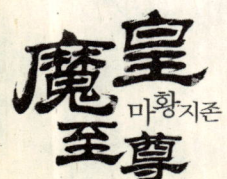
皇魔
至尊
마황지존

다행히 의원은 있었다.

마화타 맹여이.

돈이 필요하여 나라에서 금지된 마약을 만들어 흑도 문파를 통해 판매하여 엄청난 이득을 챙겼으나 결국 덜미를 잡혀 살기 위해 도망치다가 십만대산에 오게 되었다고 한다.

사람의 몸과 정신을 좀먹게 만드는 마약을 만들어 파는 것을 보면 결코 제대로 된 의원은 아니었지만 의술 하나만큼은 최고였다.

"나는 내가 잘못을 저질렀다고는 생각하지 않아. 내가 살린 생명은 수천이 넘는다. 내가 만든 마약에 취해 인생의 즐거움을 느끼는 이들도 많지. 마약을 만들어 파는 것이 왜 죄악이란 말이더냐. 내가 번 돈을 자금삼아 나의 의술은 급속도로 발전할 것이다. 발전된 의술에 의해 살아날 생명은 기존의 수천을 넘어 수만에 이를 것이다. 흥! 관이나 정파 나부랭이는 간단한 숫자 계산도 못한다니까.”

결국 자기가 잘났다는 소리였다.

“예, 예. 잘 알았으니까 치료나 제대로 해주세요.”

마화타의 자화자찬을 적당히 받아주면서 사형을 치료하는 모습을 유심히 지켜보았다.

타박상과 전신의 뼈가 다수 부러져 살아 있는 것이 용한 상당한 중상이었다.

윽! 죄책감이……

모든 건 혈마 때문에 일어난 일이지만 나의 잘못도 없지는 않았다.

그나마 다행인 점은 사형은 혈형마공을 수련하여 회복력이 빨랐다.

평범한 사람이었다면 몇 년은 누워 몸조리를 해도 거동이 불편할 테지만 사형은 반년이면 완치될 수 있다고 한다.

“내가 할 수 있는 치료는 다 했으니까. 간다.”

마화타는 속세에서 마약을 만들어 팔았다는 경력 때문에

먹기에는 조금 찜찜한 진통제와 타박상에 바를 고약과 내상약을 주고는 돈도 받지 않고 떠나갔다.

"어라? 그냥 가세요?"

"그래. 치료비는 예전에 선금으로 받았으니까."

"으음."

사형이 예전에 마화타에게 뭔가 도움을 준 건가? 그래서 치료비를 받지 않으려는 것일지도 모른다.

그 사악한 혈마가 자신의 제자 취급도 하지 않는 사형의 치료비를 줄 리는 없으니 말이다.

사형의 몸조리 때문에 그동안 사형이 해왔던 자질구레한 일들을 이젠 내가 해야만 했다.

집 안팎을 청소하고 밥을 한다.

그에 대한 불만은 없었다.

그런 잡일은 사형이 아니라 막내인 내가 했어야 했다.

혈마가 내공 수련만 하라고 명령하였고, 안 그래도 착한 사형은 사부의 명령에 충실히 따랐던 것이다.

청소는 예상외로 즐거웠다.

내가 수고한 만큼 점차 깨끗해지는 모습에서 나는 상쾌함을 느꼈다.

점창에 몸담았을 때에도 자주 해온 일이었기에 점창에 비해 그리 크지 않은 거처의 청소쯤에 큰 어려움은 없었다.

문제는 식사였다.

내가 남자라서 요리를 잘 못하는 이유도 있었지만 가장 큰 문제는 역시 혈마의 식성이었다.

사람은 크게 두 종류로 나누어진다.

고기를 무척 좋아하는 사람과 고기를 미치도록 좋아하는 사람.

채소만 먹는 사람은?

그건 사람이 아니다.

혈마는 고기를 미치도록 좋아하는 부류였다.

나름대로 솜씨를 부려서 약간의 고기에다가 채소를 넣어 맛있게 볶아주었더니 혈마는 시궁창을 보는 표정을 지으며 말했다.

"고기는?"

"안에 들어 있는데요."

말이 끝나기가 무섭게 혈마는 상처 입은 짐승의 괴성을 토해냈다.

"나는 소가 아니란 말이다!! 크아아아아!!"

며칠 전 내가 혈마에게 분노를 터뜨렸을 때처럼, 아니, 그 이상으로 분노하였다.

핏빛의 운무가 온 사방을 뒤덮으며 내가 만든 고기야채볶음을 그릇째로 산산조각 내 가루로 만들고 나를 무려 십 장 밖까지 날려 버린 다음 일대를 초토화시켰다.

이번 일로 혈마에겐 절대로 고기 이외의 음식을 주면 안 된다는 사실을 몸으로 깨달았다.

혈형마공의 회복력 덕분에 간신히 죽음을 면한 나는 혈마에게 먹일 고기를 구하기 위해 십만대산 안쪽에 만들어진 민가를 찾아야 했다.

그곳에서 식량을 배급해 주기 때문이다.

십만대산은 식량 배급제였던 것이다.

십만대산은 외부와 단절된 세상이라 먹고살기에는 무척이나 고달픈 곳이다. 오랜 세월을 걸쳐 쌓아온 경험으로 어떻게 산을 깎아서 농사를 짓고 가축을 키워 식량을 만들어냈지만 그 양으로 모두가 배불리 먹기엔 턱없이 부족했다.

그렇기에 유일하게 식량을 생산하는 마교도의 양민은 절대 죽여서는 안 되는 존재이며 식량은 마교도의 양민이 가장 많이 가져가야 했다.

양민 다음으로 많은 배급을 받는 이들이 마교도를 이끄는 종교 지도자들이었다.

교주와 성녀를 포함해서 신관과 신녀가 이에 해당될 것이다.

마지막으로 오직 죽이고 파괴할 뿐 아무것도 만들어내지

못하는, 그야말로 아무짝에도 쓸모없는 마도인에게 아깝긴 하지만 외부의 적으로부터 지켜준다는 명목도 있고 해서 최소한의 식량을 배급해 준다.

일단 위에 설명한 대로 식량 배급의 규칙이 있긴 하지만 사람 사는 세계는 결코 공정하지 않고 부조리하게 움직이는 법.

종교 지도자들의 배급은 그리 많지 않지만 신에게 바치는 재물이라는 것이 있다.

십만대산을 하나의 나라로 친다면 일종의 세금이라 할 수 있다.

나라에 바치는 세금과 다른 점은 절대 강제적인 것이 아니라는 점인데, 신을 믿는 교인으로서 신에 대한 신앙을 소홀히 할 사람은 없을 것이다.

마도인은 마도인대로 무력시위를 가한다.

까놓고 말해서 십만대산에서 가장 막강한 무력을 가진 마도인이 분노하면 힘없는 양민으로서는 막을 수가 없다.

더러워서라도 많이 줘야 한다.

이런저런 이유로 양민이 가장 적은 양의 식량을 배급받지만 그 대신이랄까.

마교와 미래에 대한 생각이 있는 마도인으로부터 절대적인 보호를 받게 된다.

밖에서는 온갖 사악한 악행과 살육을 저지른 마도인이라

고 해도 이곳의 양민만은 절대 건드려서는 안 된다.

살인은 물론 약탈, 가벼운 폭력조차 금하였다.

이를 어길 시엔 들어가면 죽거나 잘해야 병신이나 정신병자가 되어 나올 수 있는 연옥에 들어가고, 정도가 너무 심하면 혈마를 제외한 어떤 이도 시체조차 돌아오지 못한 지옥에 들어가게 될 것이다.

"후우! 같은 마도인이라고 해도 급에 따라 받는 식량의 양이 다르다니까. 이런 건 어디든 똑같군."

마교도의 양민의 지위는 기본적으로 평등하지만 마도인의 세계는 달랐다.

서열이 있었다.

오대마종은 정상에 위치하여 당연한 말이지만 가장 많은 식량을 배급받을 수 있었다.

하나 혈마는 과거 규칙을 어기고 양민을 다수 살해하였기에 배급받는 식량은 양과 질이 떨어졌다고 사형에게 들었지만 말이 배급 양이 적은 것이지 세 명이 먹기에 절대 부족하지 않았다.

모두들 혈마가 고기 때문에 폭주하여 대량 살육의 재앙이 일어나는 것을 원하지 않았기에 그 귀한 고기를 끼니 때마다 부족함 없이 배급해 주었다.

고기를 배급해 주는 푸줏간의 노인은 표정에 불만이 가득했다.

　나도 내심 미안한 마음이 들었지만 어쩌겠는가.

　세상일이라는 것이 원래 불공평한 것인데.

　힘이든 머리든 지위든 센 놈이 왕인 것이다.

　혈마는 천마지존보다 못할 뿐 받는 대우는 왕이나 다름없
었다.

　"고맙습니다."

　고개를 숙여 감사를 표하였지만 정말 귀한 고기를 어쩔 수
없이 내준 노인은 인상을 쓰며 말했다.

　"아무 말 말고 그냥 가라."

　그 이상 말하지 않아도 노인의 짜증이 극에 달했다는 것을
깨닫고는 나는 도망치듯 황급히 푸줏간을 빠져나왔다.

　고기와 그 외 식량 및 생필품을 배급받은 나는 혈마의 거처
로 돌아가기 위해 대로를 걷다가 흥미로운 것을 발견하였다.

　"이러지 마세요."

　연약한 어린 사슴을 연상시키는, 나보다도 두어 살 어린 소
녀가 홍기를 든 흉악한 남자들에게 둘러싸인 채 정말 애처로
운 얼굴로 전신을 덜덜 떨고 있었던 것이다.

　어릴 적 봉인되었던 협의지심이 치솟았다.

　물론 애처로운 소녀의 외모가 나의 기준으로 합격점이기

에 협의지심이 더욱 상승되었다는 것은 굳이 말하지 않겠다.

어쨌든 흑암사신 정해랑 때와는 전혀 다른 상황이다.

"자세한 사정은 모르겠지만 남자로서 흉악한 놈들에게 곤경에 처한 소녀의 위기를 못 본 체할 수는 없다."

마음의 결정을 내린 후 소녀를 둘러싼 흉악한 놈들을 향해 크게 소리쳤다.

"멈춰라!"

나의 외침에 소녀를 둘러싼 흉악한 놈들의 시선이 일제히 나에게로 모여… 지진 않았다.

소녀를 둘러싼 일곱 놈 중에서 왠지 바깥에 살짝 떨어져 있던 한 명만이 힐끗 곁눈으로 살펴볼 뿐이다.

어라? 뭔가 이상한데?

뭐가 이상한지는 잘 모르겠지만 이건 아니라는 느낌이…….

아! 뭐가 이상한지 알겠다.

보통은 소리친 내가 누군지 확인하고 내가 나이 어린 소년임을 알고는 비웃으며 뭐라 말해야 하는 거 아닌가?

뭐가 저렇게 진지한 거지?

역시 마도인이라서 그런 건가?

어쨌든 남자로서 검을 빼어 든 이상 물러설 수는 없는 법.

나는 고기를 포함한 짐을 바닥에 내려놓은 후 흉악한 놈들을 향해 다가갔다.

내 머리카락이 붉은색이었다면 혈마의 제자라는 사실을 알고 무서워하며 도망쳤겠지만 유감스럽게도 원래의 검은색으로 돌아왔다.

혈마가 말하길 혈형마공을 수련해도 겉모습이 변화하지 않는 체질이라나?

사실이야 어쨌든 나에겐 천만 다행스러운 일이었다.

머리카락이 피처럼 붉은 상태로 유지되었다면 혈마에게서 도망친다고 해도 집으로 돌아가기엔 어려움이 많았을 것이다.

"내가 멈추라고 말했지!"

나는 나를 무시하는 파락호들을 향해 한층 더 큰 소리로 소리치며 접근하였다.

나를 힐끗 살펴보던 녀석이 어쩔 수 없다는 표정을 지으며 나의 앞을 가로막았다.

"누군지 모르겠지만 우리의 일을 방해하지 마라."

그렇게 말하는 그는 감정이라곤 일절 느껴지지 않는 서른 안쪽의 남자였다.

남자는 동료들과 함께 소녀를 희롱하는 파락호라고 믿기 어려울 정도의 기세로 나를 눌러 버리려 하였다.

어라? 역시 이건 뭔가 아닌데…….

같은 파락호라고 해도 마도인은 격이 다르다는 것인가?

예전의 나였다면 남자가 내뿜는 기세에 움찔 겁을 먹고 물러났을지도 모른다.

하나 지금은 다르다. 결코 물러날 수는 없다.

"흥! 대낮에 대로에서 연약한 소녀를 희롱하는 것을 보고 어찌 그냥 갈 수 있을까!"

그렇게 내뱉음과 동시에 혈형마공의 기운을 끌어모아 육체를 강화하여 압박해 오는 파락호의 기를 밀어냈다.

나의 기세에 파락호의 안색이 어둡게 변하였으나 두 눈동자에는 범상치 않은 기광이 흐르고 있었다.

"제법 한 수가 있었군."

낮게 깔린 목소리로 말하는 것이 한눈에도 나를 위협하고 있다는 사실을 알 수 있었다.

"어이! 어이! 고작 파락호 주제에 너무 무게 잡지 말라고!"

이런 놈들은 예나 지금이나 좋은 말로 해서 통하지 않는다.

선수필승(先手必勝)!

"얼굴을 노리겠다."

나는 최소한의 선심으로 경고의 말을 하며 파락호의 얼굴을 향해 주먹을 날렸다.

"뭐?!"

파락호는 나의 경고를 들었음에도 놀라 소리칠 뿐 미처 피하지 못하였다.

"끄아악!"

파락호는 코뼈가 뭉개진 채 비명을 지르며 멀리 날아가 버렸다.

잔득 무게를 잡으며 나를 위협한 것치고는 허무한 최후였다.

"주먹을 내지를 때 힘 조절을 하였으니 죽지는 않겠지만 한동안 코로 숨 쉬는 것에 애로사항이 꽃피울 것이다."

날아간 한 명을 제외한 남은 여섯 중 둘이 소녀에게서 떨어져 동료를 날려 버린 나를 죽일 듯이 노려보며 소리쳤다.

"웬 놈이냐?!"

멀리서 봤을 땐 단순히 흉악한 인상의 장정들이었는데 가까운 곳에서 보니 정말 살벌한 녀석들이었다.

방금 날려 버린 녀석도 그렇고, 평범한 파락호가 아니었다.

인상이 더러운 것 이전에 전신에서 내뿜는 기세가 남달랐다.

혈형마공을 수련한 사형보다야 못하겠지만 일류 혹은 그에 준하는 무공을 지니고 있음이 분명했다.

흑도 문파에 소속되었다면 중간 두목이 될 만한 재목들이었다.

과연 마도인이라는 건가?

나는 결코 물러서지 않겠다는 듯 마주 보며 그들의 물음에 답했다.

"나는 정의의……."

'협객이다!' 라고 소리치려 했다가 그만두었다.

어릴 적 꿈이 정의의 협객이긴 했지만 그렇다고 내 입으로 직접 그런 말을 하기엔 창피할 정도로 나이를 너무 먹었다.

"에잇, 모르겠다. 어차피……."

이런 상황에선 좋은 말을 해봤자 십중팔구 들어먹힐 것 같지 않았다.

그렇게 판단한 나는 혈형마공으로 강화된 주먹을 계속해서 날렸다.

처음 녀석과 달리 경고의 말도 해주지 않았다.

"커억!"

"쿠엑!"

파락호들은 그야말로 순식간에 저항도 하지 못한 채 비명을 터뜨리며 나가떨어졌다.

권법에 있어서 기초 중의 기초인 정권 지르기만을 사용했을 뿐이지만 그 속도의 격이 달랐다.

혈형마공 사단계.

초식을 제외하고 내공만을 본다면 일류고수를 넘어 절정의 초입에 들어섰다.

초입이라고 하지만 절정의 경지이며 혈형마공의 육체 강화는 그 자체가 흉기의 영역이다.

조그만 한 고양이가 십 년을 수천의 쥐를 잡으며 앞발을 휘둘러도 호랑이의 발길질을 이길 수 없는 법.

혈마의 말대로 자잘한 기술은 필요없다.

정권 지르기와 같은 간단한 기술이라도, 아니, 간단한 기술일수록 무엇을 상상하든 그걸 뛰어넘는 무지막지한 위력을 발휘한다.

이제 네 명이 남은 파락호들은 나의 등장에 의한 갑작스런 상황에 어찌할 바를 몰라 했다.

내 생각 같아서는 나의 정의의 일권에 맞고 나가떨어진 동료를 데리고 도망쳐 주기를 원하였지만 녀석들은 얼마나 멍청한 건지 소녀를 둘러싼 그 자세 그대로 움직일 생각을 하지 않았다.

"잠깐만 기다려 주십시오! 저희들의 안목이 낮아 어르신이 누구신지 잘 모르겠지만 저희에게도 나름의 사정이 있습니다."

격이 다르다는 것을 깨달은 그놈들은 나를 노고수로 착각하는 것 같았다.

마도무림은 속성의 마공을 수련하여 고수의 수는 상당한 편이지만 그들 대부분이 일류를 넘지 못한다.

마공으로 너무도 빠르게 성장한 만큼 깨달음의 장벽을 뛰어넘지 못한 채 생을 마감한다.

어떻게 뛰어넘으려고 시도하다가 주화입마에 빠져 죽거나 혹은 미쳐 날뛰다 죽는다.

절정을 넘어 초절정의 경지에 들어선 오대마종과 같은 괴물들은 그야말로 예외이자 기적의 영역이었다.

오대마종을 제외한 대부분의 마도인들은 일류의 경지에 올라선 후 두 가지의 길을 선택한다.

첫째는 정파인처럼 오랜 시간을 주화입마와 심마의 위험에서 운 좋게 벗어나 수련을 한다.

두 번째는 자신이 직접 혹은 자신의 사문에서 온갖 실패 끝에 찾아낸 편법을 찾아낸다면, 경지의 장벽을 넘어서 절정의 경지에 오를 수도 있다.

오대마종 아래의 백대마인이 대부분 이에 속한다.

다시 말해 파락호 녀석들은 나를 백대마인 중 하나로 보는 것이다.

어려 보이는 외모야 주안술이나 방중술, 그 외에도 꾸미기에 따라 얼마든지 가능할 것이다.

그것보다 또 무슨 헛소리지?

"너희들에게 사정이 있다고?"

어이가 없다. 사정은 무슨 사정, 이놈들은 연약한 소녀를 희롱하는 파락호가 아닌가?

아! 그러고 보니 십만대산에선 모두가 먹을 식량을 생산하는 마교의 양민은 절대 건들지 못한다는 규칙이 있었다.

혈마조차 천마지존에게 당한 후 살인을 저지르지 않는데

어느 간 큰 녀석이 마교의 양민을 희롱한다는 말인가.

"어르신, 제발 선행을 베풀어 저희들의 사정이 무엇인지 들어주십시오."

내가 모르는 사정이 있을지 모른다고 판단하고 고개를 끄덕였다.

"흠, 알았다. 들어보지."

그렇게 말하며 일단 소녀가 무사한지 살펴보았다.

소녀는 그야말로 겁에 질린 사슴과 같은 표정으로 연신 울먹거리며 눈물을 흘리고 있었다.

그런 소녀의 왼쪽 눈에는 시퍼런 멍 자국이 있었고 입술이 찢어져 피가 흘러나왔다.

무엇보다 소녀의 양손과 양다리를 어른 주먹 크기만 한 굵기의 족쇄로 결박하고 있었고, 다시 쇠사슬이 연결되어 있었다.

소녀를 둘러싼 네 명의 파락호는 족쇄에 연결된 쇠사슬의 끝을 붙잡고 사방에서 잡아당기고 있었던 것이다.

"그건 대체 뭐야?!"

피가 머리끝까지 치솟는다는 말이 있다.

막말로 빡 돈다라고도 한다.

파락호 새끼들의 사정이 무엇인지 이제 알 바 없었다.

어릴 적 정의의 협객이 되겠다는 나의 꿈도 이제 아무래도 상관없다.

"이 개자식들! 다 죽여 버리겠다!!"

소녀가 다쳐 피 흘리며 짐승처럼 족쇄에 결박당한 채 연결된 쇠사슬을 잡아당기는 모습을 보고 이성을 잃었다.

내가 겨우 제정신을 차렸을 때에는 나의 양 주먹이 피로 번들거리고 있음을 깨달았다.

"도대체 무슨 일이 있었던 거지?"

작게 중얼거리며 천천히 기억을 더듬어보았다.

다행히 기억은 금방 돌아왔다.

상처 입고 쇠사슬과 연결된 족쇄에 결박당한 소녀의 모습에 나는 크게 분노하며 순식간에 파락호 두 명을 주먹으로 때려 날려 버렸다.

죽었는지 살았는지 모르겠지만 안면이 으스러지는 더러운 감촉이 떠올랐다.

"으으."

신음을 삼키며 기억을 이어나갔다.

세 번째 파락호는 간발의 차로 양손을 내밀어 나의 주먹을 막아내었지만 막아낸 양손의 뼈가 으스러졌고 늑골까지 바스라진 채 미끄러져 담벼락을 부수고 사라졌다.

마지막 남은 한 명은 나의 주먹에 순식간에 박살난 동료들의 모습에 전의를 상실하고 바닥에 납작 엎드렸다.

"용서를……."

항복만이 최선이라 생각한 것 같지만 당시의 나로서는 결코 용서해 줄 생각이 없었다.

"죽어라."

나는 더러운 벌레를 내려다보며 엎드려 용서를 구하는 녀석의 머리를 밟아 터뜨리려고 하였는데 뜻밖에도 소녀가 그런 나의 다리를 붙잡은 채 울음을 터뜨렸다.

"으아아앙! 하지 마세요! 하지 마세요!"

소녀의 울음 섞인 애원 덕분에 나는 제정신을 차릴 수 있었던 것이다.

"아아, 그렇게 된 거였군."

멍한 표정으로 중얼거리며 파락호의 머리를 내리찍으려는 발을 거두고 뒤로 물러나 털썩 주저앉았다.

다리를 붙잡던 소녀는 같이 주저앉으며 울음을 멈출 생각을 하지 않았다.

"이게 뭐야?"

신음을 토해내며 심각한 고민에 빠졌다.

사형, 거짓말쟁이!

혈형마공을 수련해도 마성에 빠지거나 혈마처럼 흉악해지지 않는다고 말했잖아요.

근데 이건 뭡니까?

저번의 일도 그렇고,

이번엔 살인을 저지를 뻔했습니다!

아니, 이미 저질렀을지도.

주먹에 맞고 날아간 녀석 중에 죽은 녀석이 있다면 말이다.

고민은 길게 이을 수 없었다.

내 몸에 붙은 채 울고 있는 소녀에 대한 생각에 어떻게든 정신을 차려야 한다고 생각했다.

"그래, 일단 이곳을 떠나자."

나는 힘을 내어 앉아 있던 자리에서 일어났다. 덤으로 달라붙은 소녀도 같이 일으켜 주었다.

"흑… 흑……."

소녀는 여전히 울먹거릴 뿐 다리에 힘이 없는지 제대로 일어나지를 못했다. 더구나 사지를 결박한 족쇄와 쇠사슬이 눈에 거슬렸다.

어떻게든 소녀를 자유롭게 해주고 싶었지만 족쇄를 끊어줄 도구가 없어서 나중을 기약해야 할 것 같았다.

"어쩔 수 없군."

나는 소녀를 포함해서 이런저런 생각에 깊게 한숨을 토해내며 소녀를 향해 등을 내밀었다.

"흑… 뭐예요?"

"보면 모르냐? 내 등에 업혀라."

소녀는 얼굴을 붉히며 고개를 내저었다.

"혹… 그럴 수는 없어요."

"미안해할 거 없어."

"하지만……."

"업혀!"

소녀는 어쩔 수 없다는 듯 고개를 숙였다.

"예예……."

소녀는 나의 등에 업혔고, 쓰러진 파락호들을 무시한 채 내려놓은 짐들을 양손에 챙겨 들고 걸음을 옮겼다.

소녀는 잠시 등에 얼굴을 묻다가 생각이 난 듯 물었다.

"저기, 오빠. 어디로 가나요?"

오빠라…….

이 얼마나 감미로운 말이던가?

물론 아직 이름도 모르는 소녀에게 오빠라는 말을 듣고 기쁘다는 것은 아니다. 그저 가슴 한구석에서 흐뭇한 마음이 감돌 뿐이었다.

"내가 사는 곳으로 간다."

결국 전부 때려눕혀 버려 자세한 사정은 모르겠지만 소녀가 족쇄에 결박당한 것을 보면 뭔가 범상치 않은 일임이 분명했다.

대로임에도 왠지 인적이 없는 것도 그렇고…….

역시 파락호가 저지른 일은 아닐 것이다.

마도무림에 관계된 뭔가 나쁜 일일까?

하나 남은 멀쩡한 녀석에게 물어보는 것이 좋겠지만 지금의 나로서는 당장 그를 죽여 버릴 것만 같았다. 이상한 녀석들이 나타날지도 모르기에 일단 이 자리를 떠나 거처로 돌아가는 일이 시급했다.

혈마가 사는 곳이기도 하니 죽고 싶은 이가 아니면 감히 접근할 생각을 하지 못할 것이다.

소녀를 업은 채 집에 도착하긴 했는데 앞으로의 일이 문제였다.

혈마의 구역이라 할 수 있는 이곳이라면 이름 모를 소녀를 노리는 흉악한 녀석들로부터 보호할 수는 있겠지만 이곳에는 흉악한 녀석 따위 백 명, 천 명보다도 훨씬 위험하고 흉악한 살인귀가 있었다.

바로 혈마였다.

혈마에게 들키지 않고 잘 숨겨둬야 한다.

"늦었다."

혈마는 온통 핏빛으로 물든 겉모습과 대비되어 너무나도 새하얀 송곳니를 드러내며 사납게 미소 짓고 있었다.

내가 이곳에서 생활한 것도 이제 반년.

결코 길다고 할 수 없는 경험이었지만 지금 혈마의 미소가 무엇을 뜻하는지는 대충 알 수 있었다.

혈마는 화가 난 것이다.

혈마는 집 앞에서 내가 돌아오기를 기다리고 있었다기보다는 너무나도 좋아하는 고기가 도착하기를 기다리고 있었을 터인데 내가 너무 늦게 온 것이다.

아니, 지금은 그런 것이 문제가 아니었다.

내가 데리고 온 소녀의 존재.

이런! 딱 걸렸다.

혈마는 나의 당혹함을 눈치 챈 듯 내가 업고 있던 소녀를 흥미로운 눈으로 바라보고 있었다.

소녀는 흉악한 녀석들에게서 구조받은 후 긴장이 풀린 듯 나의 등에 업힌 채 곤히 잠들어 있었다.

그걸 확인한 혈마의 입가에 감돌던 미소가 다른 의미로 변화했다.

"크크. 뭐냐, 그건? 오늘 내가 먹을 간식인 거냐?"

"……"

크윽! 이건 정말 위험해!

어떻게든 내가 지켜야 하는데 과연 지킬 수 있을까.

혈형마공을 수련하여 사단계의 경지에 올라선 절정고수의 초입이라면 혈마는 혈형마공의 구단계인 극성의 경지에 올라선 중원무림에서 몇 없다는 초절정고수였다.

한마디로 괴물이다.

혈형마공의 부작용 때문인지 분노하면 한층 더 강해지지만 그 상태에서도 혈마는 나를 가지고 놀 수 있으며, 혈마 또한 분노하면 어느 누구도 감당하지 못할 자연재해가 된다.

내가 짊어진 연약한 소녀를 지킬 수 없었다.

냉혹한 현실에 가슴속에서 절망감이 솟구쳤다.

그때 기적이 일어났다.

"크크, 걱정할 것 없다. 나는 인육은 그다지 좋아하지 않는다."

혈마가 그렇게 말하긴 했지만 아직 안심해서는 안 된다.

혈마는 사람을 찢어 죽이는 흉악한 살인귀다.

인육을 먹지 않는다고 해도 소녀를 찢어 죽일 가능성이 높았다.

혈마는 마치 내 생각을 읽은 듯 말을 이었다.

"크크, 그것 또한 걱정 마라. 나도 찢어 죽이는 사람은 가리니까."

혈마에게 소녀는 살육의 대상이 아니란 말인가?

보통 살인마귀는 상대적으로 약한 이들을 찾아 죽인다고 한다.

혈마는 마도무림의 정상인 오대마종의 한 명으로 대다수

의 살인귀들과 달리 약한 것들에는 관심이 없는 것인지도 모른다.

혈마의 말이 사실이라면 정말 안심이다.

흉악한 혈마의 손에서 소녀는 죽지 않을 수 있다.

"그것보다 고기는 가져왔겠지?"

혈마의 물음에 나는 그의 마음이 바뀔까 무섭게 고개를 끄덕이며 재빨리 마을에서 배급받은 고기를 양손으로 공손하게 내밀었다.

"예, 가져 왔습니다."

혈마는 고기에 배어 있는 혈향을 확인하고는 싱긋 미소를 지었다.

"좋아, 적당히 양념하고 겉만 살짝 익혀서 가져와라."

즉, 혈마는 날고기를 먹겠다는 말이었다.

날고기엔 충(蟲)이 있어 위생상 굉장히 좋지 않지만 혈마는 고수니까 괜찮을 것이다.

나로선 혈마가 날고기를 먹어 병이 들든 말든 아무래도 상관없었다.

"즉시 준비하겠습니다."

나는 소녀를 업은 채 도망치듯 부엌으로 뛰어갔다.

소녀를 부엌에 마련된 임시 침상에 눕혀놓은 후, 고기와 마

찬가지로 무지하게 귀한 암염을 날고기에 골고루 뿌리고 겉
만 살짝 익혀 혈마에게 대령했다.

"크크크, 맛도 좋고 소화도 잘되는 고기로구나."

혈마는 겉만 익힌 날고기를 맛있게 먹은 후 정말 만족한 웃
음을 흘리며 어딘가로 가버렸다.

예전이었다면 자신의 살인 욕구를 억누르기 위해서 산꼭
대기에 올라가 참선을 하겠지만 얼마 전에 폭주해서 초토화
시켰다.

어쩔 수 없이 좌선을 할 다른 장소를 찾아야 할 것이다.

"후우! 갔구나."

혈마가 사라지자 나는 안도의 한숨을 토해냈다.

한시적일 뿐이지만 이곳에서 가장 흉악한 위험 요소는 사
라진 것이다.

"아차! 그 여자애, 괜찮을까?"

소녀가 걱정되어 부엌으로 달려갔다.

소녀의 신변엔 아무런 이상도 없었다.

다만 자리에서 일어나 지어놓은 밥을 반찬도 없이 수저나
젓가락도 사용하지 않은 채 맨손으로 허겁지겁 먹고 있을 뿐
이었다.

"아앗! 뜨거! 뜨거!"

비명을 지르면서도 먹는 것을 멈추지 않는 모습에 나는 왠

지 웃음이 나기도 하고 측은한 생각이 들었다.

"천천히 먹어라. 그러다가 체하겠다."

대접에 냉수를 따라 소녀가 마시도록 건네주었다.

"아! 죄송해요."

소녀는 나의 등장에 깜짝 놀라며 먹는 것을 중단하였다.

나는 상관하지 말라는 듯 손을 저으며 말했다.

"괜찮아. 계속 먹어."

소녀는 정말 배가 고픈 듯 나의 친절을 사양하지 않았다.

"그럼 잘 먹겠습니다."

소녀는 감사의 인사를 한 후 다시 뜨거움을 참은 채 허겁지
겁 솥에 가득한 밥을 모조리 먹어치웠다.

저거, 괜찮을까?

갑자기 너무 많이 먹어 배탈이라도 나는 건 아닌지…….

우려완 달리 작고 귀여운 외모와 비교하면 어울리지 않는,
다른 면에선 어울릴 것도 같지만 그래도 조금 과도하게 빵빵
해진 소녀의 배에는 별다른 이상은 없어 보였다.

내가 건네준 대접에 가득한 냉수까지 전부 마셔 버리곤 벽
에 등을 기댄 채 누가 봐도 정말 행복한 표정을 짓고 있었다.

"보기보다 잘 먹는구나."

그 말에 소녀는 정신을 차리고 빵빵해진 자신의 배를 확인
하더니 얼굴을 붉히며 고개를 숙였다.

"죄송해요. 흉한 모습을 보여서⋯⋯."

"괜찮아. 보기 좋았어. 보는 내가 다 배가 부를 지경이었지."

아아, 이런 게 부모의 마음이려나?

"그럴 리가 없잖아요."

소녀는 반박하였지만 여전히 부끄러운 듯 얼굴을 들지 못하였다.

나는 부끄러워하는 소녀의 모습에 흐뭇하게 미소를 지었다.

나는 혹시나 쫓아올지 모를 흉악한 녀석들을 피해 소녀를 이곳에 데려오느라, 그리고 혈마에게 고기를 구워주느라 묻지 못했던 것을 물어보았다.

"네 이름이 뭐니? 나의 이름은 백무용이라고 한다."

소녀를 돌봐주기로 결정했으니 이름을 알아두는 것은 당연한 일이었다.

소녀는 부끄러운 듯 얼굴을 붉히며 나의 물음에 답했다.

"종리혜예요."

"종리혜라⋯⋯."

어디서 많이 들어본 듯한 흔하다면 흔한 성과 이름이었다. 물론 그런 생각을 그대로 말할 이유는 없었다.

"네 얼굴처럼 예쁜 이름이구나."

"⋯⋯."

칭찬의 말에 종리혜의 얼굴이 더욱더 붉어지며 고개를 숙였다.

종리혜의 이름에 이어 흉악한 녀석들과 무슨 관계인지 물어보려다가 그만두었다.

얼굴의 상처와 쇠사슬이 연결된 족쇄로 결박된 것을 본다면 분명 좋지 않은 일을 겪었을 것이 분명했다. 저 아이가 겪었을 마음의 상처를 건드릴 필요는 없었다.

종리혜를 편하게 만들어줄 생각으로 그녀를 결박한 족쇄를 풀어보려고 하였지만 무엇으로 만들었는지 결코 끊어지지 않았다.

혈형마공의 기운으로 전신전력을 발휘한 괴력으로도, 검과 도, 도끼까지 온갖 무기와 도구를 사용해도 족쇄는 물론 쇠사슬조차 끊어지지 않았다.

"설마 말로만 들었던 만년한철로 만든 건 아니겠지?"

"오빠, 저는 괜찮아요. 굳이 풀어주지 않아도……."

종리혜는 괜찮다고 말했지만 그렇다고 가만히 보고 있을 수는 없지 않은가.

절대고수인 혈마라면 어쩌면 족쇄를 끊어버릴 수 있을지도 모르지만 나는 처음부터 혈마에게 부탁할 생각은 없었다.

종리혜에게 관심없다고 말했지만 사람의 마음이란 어떻게 바뀔지 알 수 없다.

자기가 최고라고 생각하는 혈마라면 더더욱 믿을 수 없었다.

결국 족쇄를 풀어줄 방법을 찾지 못한 채 포기하는 수밖에 없었다.

종리혜를 결박한 족쇄를 반드시 풀어주겠다는 생각을 계기로 혈형마공의 수련을 열중하게 되었지만 그건 훗날의 이야기다. 종리혜는 일단 족쇄와 쇠사슬로 구속된 그 상태로 나와 함께 살기로 결정하였다.

이곳을 벗어나면 흉악한 녀석들에게 붙잡힐 위험이 있기 때문이다.

이곳에 나와 함께 사는 것이 지금으로선 최선의 방책이었다.

미리 말해두지만 어린 소녀와 같이 살게 되었다고 해서 색안경을 낀 이상한 눈으로 본다면 심히 불쾌하다고 말해두겠다.

이곳엔 나 말고도 병석에 누운 사형도 있다.

또 가끔씩 내 내공 수준을 확인하는 것을 제외하면 하릴없이 돌아다니는 혈마도 있었다.

종리혜는 나에게 있어서 우연히 구해준 귀여운 소녀이며 동생 같은 아이일 뿐이다. 단연코 이상한 생각은 절대 없다. 정말이다.

이건 나의 명예를 걸고 맹세한다.

종리혜와 함께 살기 시작하고 넉 달이란 시간이 눈 깜짝할 사이에 흘러갔다.

혈마가 사는 곳이라 그런지 넉 달의 시간 동안 종리혜를 노리는 흉악한 녀석들은 나타나지 않았다.

내가 굳이 수고를 들여 감시하지 않아도 혈마라는 괴물이자 살인귀가 심심하다며 산책하다가 정말 운 나쁘게도 마주친 마도인들을 때려죽이고 있으니 멀리서 지켜본다는 일조차 감히 시도하지 못할 것이다.

지금 와서 혈마의 괴물 같은 능력을 생각해 보면 종리혜를 몰래 숨겨두는 일은 사실상 불가능한 일이었다.

혈마의 살인 욕구가 약하고, 어린 소녀인 종리혜에게 향하지 않는다는 사실이 그야말로 천만다행이었다.

종리혜는 정말 귀엽게 생긴 것과 어울리게 얌전하고 조용한 아이였지만 표정에 뭔가 어두움이 있다는 것이 마음에 걸렸다.

아마도 팔과 다리를 결박한 족쇄와 관계된 일인 것 같았다.

저 아이의 팔다리에 쇠사슬이 연결된 족쇄를 채운 녀석이 누군지는 모르겠지만 만나게 된다면 반드시 내 손으로 죽여버리겠다! 으드득!

으음, 이렇게 흥분하면 안 되는데…….

그래도 천만다행인 것은 시간이 흐를수록 점차 표정이 밝아지는 모습에 왠지 흐뭇해진다고나 할까.

종리혜는 나를 도와 청소를 도와주었고, 요즘엔 부엌에 들어가 요리를 만들기도 하였다.

종리혜는 생각 외로 식탐이 많다는 것을 알게 되었는데, 그 때문인지 요리도 제법 잘하였다. 덕분에 사형이 있을 때처럼 내공 수련에 집중할 수가 있었다.

종리혜의 재주는 요리뿐만이 아니었다.

청소도 잘하고 집 안팎을 꾸미는 일을 무척 좋아했다.

팔다리를 결박한 두꺼운 족쇄와 연결된 쇠사슬을 질질 끄는 수고를 하면서 이 근방을 돌아다니며 이곳저곳에 피어 있는 이름 모를 들꽃을 캐내어 집에 옮겨다 심었다.

혈마의 흉악한 성격 때문인지 집은 필요 이상의 장식이 없어 삭막하기 그지없었는데 종리혜의 노력으로 어느 순간부터 마치 화원으로 변화한 것이다.

"뭐냐?! 언제부터 나의 집이 꽃밭이 되었지?"

내 내공을 확인하기 위해 집에 돌아온 혈마는 살짝 기분이 나쁜 듯 소리쳤다.

종리혜는 그 흉악한 혈마가 무섭지도 않은지 부끄러운 듯 미소를 지으며 자신이 한 일에 대해서 설명하였다.

"아무래도 꽃이 있는 것이 좋을 것 같아서요."

혈마는 어이가 없다는 듯 혀를 차면서도 그에 대해선 별다른 제지를 하지 않았다.

나는 혈마가 폭발할까 조마조마하면서도 그냥 조용히 넘

어가자 크게 놀라지 않을 수 없었다.

"너는 사부님이 무섭지 않았어?"

종리혜는 고개를 내저었다.

"전혀 안 무서웠어요."

"사람을 무수히 죽인 살인귀라고. 자칫 잘못했으면 죽을 수도 있었다고."

걱정이 되어 경고해 준 것이지만 종리혜는 오히려 기분이 상한 듯 눈을 치켜뜨며 고개를 내저었다.

"오빠, 어떤 사람이라도 좋지 않은 한쪽 면만을 보면 안 되는 거예요. 나쁜 부분이 있으면 좋은 면도 있는 거예요. 그 반대의 경우도 있지만……."

내가 아는 한 처음 보는 격렬한 감정 표현에 조금 압도되어 나는 고개를 끄덕이는 수밖에 없었다.

"그래, 그렇구나."

말은 그렇게 하긴 했지만 혈마가 좋은 면이 있다는 것은 절대 인정할 수 없었다. 그걸 인정하면 천마지체라며 납치된 내 입장은 뭐라 형언할 수 없는 것이 되어버린다.

그보다 종리혜 저 아이는 혈마를 무서워하지 않는 것이 의외로 마음이 강할지도 모르겠다는 생각이 들었다.

한편 중상을 입었던 사형은 점차 회복되어 지금은 몸을 일으켜 가볍게 움직일 수 있었다.

종리혜란 존재를 알게 된 후 조금 놀란 듯 보였지만 사정을
설명해 주자 착한 사형은 고개를 끄덕이며 수긍해 주었다.

"나도 몸을 일으키면 저 아이를 보호해 주겠지만 너는 그
이상으로 지켜줘야 할 것이다. 저 아이를 구한 너에게 지워진
책임이니까."

사형의 말에 나는 새삼 나의 어깨를 무겁게 짓누르는 책임
감을 느꼈지만 그렇게 나쁘지 않은 무게였다.

이건 나의 어릴 적 꿈이었던 정의의 협객이니 그런 유치한
정의심이 아니었다.

소중한 한 사람을 지키겠다는 각오!

함께 살아가는 동안 어느샌가 종리혜는 나의 소중한 가족
이 되었다.

"물론입니다. 어떤 일이 있어도 종리혜 저 아이를 지키겠
어요!"

종리혜를 지키겠다는 각오 때문일까?

아님 혈마가 천마지체라고 말하는 재능 때문일까?

혈형마공은 넉 달이란 시간 동안 엄청난 속도로 성장하여
지금은 무려 오단계의 경지에 올라섰다.

갓 초입을 넘어 안정에 접어든 절정고수라 할 수 있을 것이

다. 물론 내공뿐이라 불안한 마음도 없지 않아 있었다.

혈마는 계속해서 초식 따위는 필요없다고 주장하며 절기인 패력혈강장을 가르친 것을 제외하고는 초식에 관해선 전혀 가르쳐 주지 않았다.

가르쳐 줄 생각도 없어 보였다.

나는 여전히 점창에서 배웠던 기초적인 무공을 혈형마공에 맞추어 사용할 뿐이었다.

혈마의 주장도 나름 일리는 있었다.

혈형마공 사단계의 경지이자 절정고수의 초입에서 일류고수 여섯을 정권 지르기라는 지극히 단순한 초식으로 일순간에 박살 낸 것이다.

당시의 일만 생각하면 내공만 중요할 뿐 초식 따위는 별 의미가 없어 보일 수도 있었다. 하지만 상대가 마도인이라는 점을 잊어서는 안 된다.

나의 비정상적인 성장보단 못하겠지만 마도인의 대부분은 마공을 수련하기에 내공의 성장이 무척 빠르다.

내공과 초식의 조화가 엉망진창이며 같은 마공을 수련한 자, 특히 육대마공인 혈형마공을 수련한 내공에 밀려 당할 수밖에 없는 것이다.

상대가 마도인이 아니라 제대로 된 정종의 내공과 무공을 수련하여 내공과 초식의 조화를 이룬 정파의 일류고수 여섯

이었다면 큰코다치는 것은 다름 아닌 나였을지도 모른다.

그렇다고 해도 내공의 성장만은 나 스스로 느끼기에도 경이로울 정도. 삼 년 후쯤엔 괴물 급의 혈마와 대등해지지 않을까.

혈마는 무공을 가르쳐 주지 않는 대신이랄까, 뭔가 독특한 것을 가르치기 시작했다.

어디서 준비했는지 알 수 없는 양피지 안에 그려진 것이었다.

온갖 선이 뭔가 규칙적이면서도 마구 뒤엉켜 있는 기묘한 문양이었다.

"그건 뭔가요?"

"보면 모르냐? 지도다."

"지도요?"

"크크, 심연의 내부를 그려놓은 최고의 보물이지. 여기 뒤엉킨 선들이 바로 길이라 할 수 있는데, 천재이신 이 몸이 당시의 일을 떠올려서 기록한 것이니까 대부분 맞을 거다."

"이걸 왜……?"

"멍청하긴, 앞으로 두 달 후 심연의 문이 열린다. 당연히 네놈이 심연 안으로 들어가야 할 것 아니냐."

그 말을 듣고서야 오래전에 만났던 성녀의 말을 떠올릴 수 있었다.

당시 성녀는 교주가 중원 일통을 원하며, 그걸 막기 위해서 교주와 협력하는 천마지존을 쓰러뜨려 달라고 말하였다.

이에 사형이 불가능하다며 힘이 부족하다고 말하자 심연의 문이 열리고 닫힐 때까지 강해져 달라고 말했다.

그때 성녀가 말한 심연이란 곳은 십만대산의 삼대금지 중한곳으로 오직 십 년에 한 번 문이 열리고 석 달 후 다시 닫히는 곳이라고 한다.

천년마교의 초대 교주이자 당대 무적의 고수였던 절대천마가 남긴 수많은 마공이 숨겨져 있다고 한다.

삼대금지 중 하나일 뿐 누구든 들어갈 수는 있지만 다시 돌아올 수 있는 이는 손에 꼽힐 뿐 그 끝을 알 수 없다는 심연에 사로잡힌 채 두 번 다시 돌아오지 못하였다.

하나 심연에 들어갔다가 무사히 돌아온 이들 중에선 마도무림의 정상인 오대마종이 있었다.

절대천마가 남겼다는 가공할 마공에 대한 욕심으로 십 년에 한 번씩 문이 열릴 때마다 무수히 많은 사람들이 들어갔다가 돌아오지 못하고 불귀의 객이 되었다.

혈마는 그런 흉악한 장소에 나를 집어넣으려는 것이다.

第七章
혈혼광마(血魂狂魔)로 불리다

魔皇至尊

마황지존

혈마는 뭐가 그리 좋은지 사악한 웃음을 흘기며 말을 이었다.

"크크, 앞으로 매일 지도를 보고 암기하는 것이다. 본좌는 네놈을 천마지체라 칭찬하긴 했지만, 사실 말이지 내공만 기가 막힐 정도로 잘 쌓을 뿐 머리 자체는 천재가 아닌 바보잖아."

이런, 씨!

순간 열이 올라 혈마에게 거친 욕설을 내뱉고 싶었지만 성깔 더러운 혈마에게 대들어봤자 두들겨 맞는 건 나뿐이기에 지금은 참기로 하였다.

"사부님, 저는 분명 천재는 아니지만 그렇다고 바보도 아닌데요."

"흥! 그럼 너 초식을 한 번 보고 똑같이 따라 할 수 있느냐?"

혈마의 말 같지도 않은 물음에 나는 당연히 고개를 내저었다.

"아니요."

사람이 어떻게 한 번 보고 똑같이 따라 할 수 있단 말인가?

진짜 천재가 아닌 이상 간단한 초식 하나를 습득하기 위해선 엄청난 노력이 필요한 법이다.

숙련자가 선보이는 동작을 수십 번 반복해 보며 뇌리에 단단히 박히도록 기억하고, 다시 숙련자의 지도 아래 제대로 된 자세로 정신이 이상해질 때까지 만 번 이상 수련해야 겨우 제대로 된 형을 완성할 수 있다.

이건 다름 아닌 구파일방으로 불리던 점창의 극히 기본적인 수련 방법이었다.

혈마의 어이없는 질문은 계속 이어졌다.

"예를 들어 절세의 무공이 담긴 비급을 얻었다고 치자. 딱 한 번 읽는 것만으로 전부 암기할 수 있느냐?"

"당연히 못합니다."

소설 속에 나오는 주인공들이 당연하다는 듯이 해내는 일이지만 나는 소설 속의 주인공이 아니다.

지극히 평범한 범인의 기억력을 가지고 있을 뿐이다.

이건 결코 내가 바보거나 무능해서 그런 것이 아님에도 불구하고 혈마는 나란 존재가 정말 가소롭다는 듯 바라보며 광소를 터뜨렸다.

"크하하하! 그러니까 네놈이 천재가 아니라 바보라는 것이다. 멍청한 너와 달리 본좌는 한 번 본 초식을 똑같이 따라 하는 것도, 어떤 어려운 책이든 한 번만 읽고 전부 암기할 수 있다. 진정한 천재라는 거지! 크카카카카!"

"……."

지금의 나로선 혈마에게 달리 뭐라 해줄 말이 없었다.

그래, 혈마 너 잘났다.

마음속으로 비아냥거릴 뿐.

후우! 뭔가 패배감에 비참해지는 기분이 드는 건 왜일까.

결국 나는 내공 수련을 제외한 대부분의 시간을 심연의 내부가 그려진 지도를 암기하는 것에 소모하게 되었다.

그렇게 지도를 암기하던 도중 문득 생각난 의문이 하나 있었다.

나의 안위와도 관계된 것이라 위험을 무릅쓰고라도 혈마

에게 물어보지 않을 수 없었다.

"사부님은 심연에 들어가지 않습니까?"

본인인 내가 직접 말하긴 뭐하지만 믿음을 줄 수 없을 뿐 아니라 자신보다 약한 제자에게 심연 안에 들어가게 하는 것보다 예전에 심연에 들어가 혈형마공을 찾아낸 경험이 있고 초절정고수인 혈마 자신이 직접 들어가는 것이 좋지 않을까.

혈마가 심연에 들어간다면 나는 그 틈을 노려 종리혜를 데리고 이곳에서 도망칠 수 있을 것이다.

"멍청한 놈! 그런 게 가능했다면 너같이 멍청한 녀석에게 지도를 외우게 하겠냐?"

크윽! 혈마의 말에 화가 났지만 이번에도 내가 참는다.

이 원한, 나중에 반드시 갚아주겠다.

"크크, 너 같은 멍청한 녀석이라도 이해할 수 있도록 쉽게 설명해 주마."

"사부님의 말씀을 세이경청하겠습니다."

나는 자존심을 죽이고 머리를 숙이며 혈마의 말을 기다렸다.

"심연에는 말이다, 나이 제한이 있다. 서른다섯 살 이하만 들어갈 수 있지."

"예?!"

혈마의 말을 듣는 순간 나는 가장 먼저 내 귀를 의심했다.

나이 제한이라고? 허허, 그렇게 어이없을 수가.

지금 내가 뭔가 잘못 들은 건 아니겠지?

"유감스럽게도 나는 나이가 많아서 들어갈 수가 없다. 절대천마가 만든 고차원적인 주술 혹은 결계 때문이다."

"사부님의 능력으로도 안 되는 겁니까?"

"내가 힘으로 억지로 들어간다고 해도 심연이 아닌 전혀 엉뚱한 장소로 가게 되지. 혈형마공으로 결계를 파괴해 보았지만 심연의 입구가 사라졌다. 심연의 입구가 다시 복원할 때까지 이십 년의 시간이 소모되었지."

혈마는 당시의 기억이 썩 좋지만은 않은 듯 떫은 감을 씹은 표정을 짓고 있었다.

이제 보니 혈마는 예전에 심연에 들어가려는 시도를 했다가 아예 심연의 입구를 부숴 버린 것이다.

천재라며 잘난 척하더니 무식한 짓을 하기는…….

"어쨌든 그런 이유로 내가 아닌 나의 제자인 네 녀석이 심연에 들어가야 한다. 그러니까 확실히 암기해. 나중에 시험해 볼 테니까."

혈마의 강압적인 말에 나는 고개를 숙이는 수밖에 없었다.

"사부님의 명에 따르겠습니다."

젠장! 결국 나는 심연이라는 정체 모를 흉악한 곳에 들어가야 하는 거구나.

에휴! 어쩔 수 없군.

혈마가 준 심연의 내부도를 암기하는 수밖에 없었다.

혈마에게서 벗어나기엔 힘이 부족한 나로서는 이것만이 유일한 생명줄이었다.

내공 수련과 내부도의 암기를 얼추 끝낸 후 오랜만에 식량을 배급받기 위해서 마을로 내려갔다가 우연히 흑암사신 정해랑를 만났다.

오래전에 사형의 소개로 한 번 가본 것을 제외하고는 성월교의 예배에 가지 않았기에 그동안 만나지 못했다.

흑암사신과 친구가 되었다고는 하지만 정말 오랜만에 만난 것이기에 반갑게 인사하기엔 조금 뻘쭘한 분위기였다.

"으음."

정해랑 또한 나를 보고 주춤거릴 뿐 아무 말도 하지 않았다. 소심한 녀석이기에 더욱 그럴 가능성이 높았다.

"에휴!"

나는 한숨을 내쉬며 먼저 녀석에게 다가갔다.

정해랑은 몸을 움찔 떨었으나 도망치지 않고 나의 말을 기다렸다.

"여어! 오랜만이다!"

내가 손을 들며 반갑게 인사하자 정해랑은 그제야 안심한 듯 작게 고개를 끄덕였다.

"으응, 오랜만……."

서로를 마주 보며 침묵이 흘렀다.

으음, 이건 뭐랄까.

오랜만에 만난 친구 사이답지 않구나.

후우! 어쩔 수 없군.

내가 먼저 오랜만에 만나는 친구라는 것이 무엇인지 시범을 보여주자.

"하하하!"

나는 크게, 하지만 뭔가 어색하게 웃음을 터뜨리며 양팔을 활짝 벌려 정해랑의 몸을 꼭 안아주었다.

긴 머리카락에 얼굴이 가려져 무척 음산해 보이는 외모에 신경이 집중되어 지금껏 눈치채지 못했는데 정해랑의 몸은 무공을 수련한 것이라곤 믿어지지 않을 정도로 왜소하고 부러질 듯 가늘었다.

"으아악!"

정해랑은 무척 당황한 듯 생긴 것 답지 않게 큰 목소리로 비명 비슷한 것을 터뜨렸지만 짐짓 아무렇지 않은 듯 힘을 주어 꼭 안아준 다음 양손을 풀고 한 발짝 뒤로 물러나며 말했다.

"짜식! 이건 오랜만에 만난 친구 간의 우정 표현이야. 이런 걸 가지고 그렇게 놀라면 안 되지."

"그런 거야?"

정해랑은 나의 대범한 행동에 낮고 탁하지만 당혹함이 분명히 느껴지는 목소리로 말했다.

나는 싱긋 미소를 지었다.

"훗! 당연하지. 그것보다 외모에 신경 좀 써라. 이러니까 사람들이 너를 무서워하며 피하는 거야."

나는 얼굴을 가린 긴 머리카락 안으로 손을 집어넣고 좌우로 나누었다.

아차! 혹시 머리카락으로 숨겨진 녀석의 얼굴에는 사실 화상이라도 있는 것이 아닐까?

그렇다면 나의 실수다.

손을 멈추려는 순간 살짝 개방된 머리카락 사이로 나의 혼이 나갈 정도로 엄청난 미모가 나타났다.

"헉! 이건……."

예상과 다른 정해랑의 미모에 너무도 놀라 비명을 터뜨렸다.

정해랑은 나의 놀람에 암흑의 기운을 내뿜었다.

"저기, 내 얼굴에 무슨 문제라도……?"

"아니. 너, 생각 외로 잘생겼구나?"

잘생겼다기보단 너무 예쁘다고 해야 할까.

햇빛을 보지 못해 창백할 정도로 하얀 피부와 곱고 가는 얼굴선으로 인해 청순하면서도 가늘게 떠진 눈매와 입술에서 고혹적인 색기가 감도는 것이 절로 안타까운 한숨이 흘러나온다고나 할까.

"에휴, 정말 아까워……."

정말이지, 정해랑의 얼굴은 남자라고 하기엔 한숨을 나올 정도로 아까운 미모를 가지고 있었다.

설마 여자인 것은 아니겠지?

외모는 둘째 치고 목소리는 낮고 탁하며 가슴도 특별히 나오지 않았으니 남자가 맞을 것이다.

내가 변태도 아니고 정해랑의 몸을 어떻게 만져서 확인해 볼 수도 없는 문제였다.

"나는 잘 모르겠는데……."

정해랑은 잘 모르겠다는 듯 시무룩한 표정으로 머리를 낮게 숙였다.

"에휴, 모르면 되었다."

정해랑이 자신의 외모가 어떤지 잘 모른다는 사실에 깊은 한숨을 내쉬었다.

이후 충격을 가라앉힐 겸 그동안의 덕담을 나누기 위해서 정해랑과 함께 근처 주루를 찾아가기로 결정했다.

십만대산은 기본적으로 식량 배급제이지만 사람의 욕망이란 여러 가지가 있고 또한 억지로 막을 수 있는 것이 아니었다.

특히 마교의 교리를 따르지 않는 많은 수의 마도인은 더더욱 그래서 특별한 색의 돌을 깎아 만든, 오직 이곳에서만 사용하는 돈이 있었다.

그렇게 만들어진 돈으로 식량과 여러 생필품을 구할 수도 있고, 술과 안주를 파는 주루도 있었다.

주루 안에 있는 이들의 대부분은 무공을 지닌 무림인, 아니, 마도인으로 나와 정해랑이 주루 안으로 들어가자 생각 이상의 큰 소란이 일어났다.

"헉! 혹암사신이다!"

역시 이번에도 그 소리냐?

"물러서! 가까이 가면 죽는다!"

죽긴 왜 죽냐?

"살려줘! 나는 아직 죽고 싶지 않아!"

거참! 정해랑 이 녀석은 조금 음침할 뿐 정말로 착한 녀석이라고. 안 죽인다니까. 혈마도 아니고.

뭐랄까.

중원에 있을 때 온갖 흉악한 짓을 저질렀던 마도인들이 황당할 정도로 정해랑을 무서워하는 모습을 보고 있으니 어이가 없는 것을 넘어 웃음이 나올 지경이었다.

"후후, 너도 참 안되었다. 매번 저런 소리나 듣고……."

나는 웃으면서 정해랑에게 동정의 말을 내뱉는 순간, 정해랑의 등장에 소란을 떨던 마도인들은 나를 보고는 다시 두려움에 가득한 비명을 터뜨렸다.

"으아악! 저놈… 아니! 아니! 저분은 혈혼광마님이다!"

으잉?! 웬 혈혼광마… 님?!

"평범해 보이는 외모에 속으면 안 돼! 혈마의 제자이자 흉신혈살의 사제! 사부인 혈마 이상으로 잔인하고 잔혹하기 그지없는 분이시라고!"

두려워하면서도 어딘가 모르게 존경의 말투?

"봤어! 나는 봤다고! 저기 저 혈혼광마님이 냉혹무쌍하기로 유명한 연옥의 무사 여섯을 일순간에 피 곤죽으로 만들어 저세상으로 보내는 것을!"

설마 나를 혈혼광마 뭐시기라고 말하는 것은 아니겠지?

정해랑은 자신과 나를 두고 흑암사신이니 혈혼광마니 소리치며 난리법석을 떠는 모습에 기분이 나빠진 듯 모두를 노려보며 작게 중얼거렸다.

"좀 조용히 해줄래?"

칠흑 같은 머리카락 안에 숨겨져 있는 정해랑의 입술을 통

해 평소보다 한층 더 나직하면서 탁한 웅얼거리는 목소리가
흘러나왔다.

"……."

저기, 해랑아. 조금 목소리를 높이는 것이 좋을 것 같은데.

가까이에 있는 나라면 몰라도 저기 멀리 떨어진 채 난리를
치는 녀석들에겐 들리지도 않아.

그런 나의 생각과는 달리 장내엔 이변이 일어났다.

"크아아악!"

정해랑이 노려보던 전원이 공포로 가득한 비명을 터뜨렸
던 것이다.

"뭐냐?"

나에게 있어서는 실로 황당한 상황이었다.

이변은 그것으로 끝나지 않았다.

비명에 이어 전원이 벼락이라도 맞은 듯 전신을 부르르 떨
며 뭔가에 강하게 밀쳐진 듯 일제히 나가떨어진 것이다.

"……."

뭐랄까. 뭔가 좀 웃기는 장면이었다.

정해랑은 그저 바라보며 들리지도 않을 정도로 작게 웅얼
거렸을 뿐인데 난데없이 비명을 지르고 장력이라고 맞은 듯
나가떨어진 것이다.

하나 나는 결코 그들의 행동에 웃을 수가 없어졌다.

정해랑의 시선이 향하는 정면이 아니라 옆에 서 있던 나 또한 정해랑에게서 살기, 아니, 그 이상의 무언가에 등골이 오싹해짐을 느꼈다.

처음 정해랑과 만났을 때 느꼈던 두려움과 비슷하긴 한데 두 단계 더 강화된 것 같았다.

"해랑아, 넌 도대체 뭘 한 거냐?"

나의 물음에도 정해랑은 수줍은 듯 고개를 숙이며 조용히 웃고 있을 뿐이었다.

"후후후……."

뭐야?! 저거, 무섭잖아…….

처음 만났을 때에도 무섭다고 생각했지만 방금 전의 오싹한 기운을 느낄 때와 비교하면 지금의 정해랑이 열 배는 더 무서웠다.

"으으."

솔직한 마음으로 눈앞의 정해랑에게서 도망치고 싶었다. 하지만 정해랑과 친구인 나로선 도망칠 수만도 없는 입장이었다.

"저, 저기, 해랑아. 웃지만 말고 뭐든 좋으니 대답해 줄래?"

혈형마공을 전신으로 운기하여 용기를 내어 한 번 더 정해랑에게 말을 걸어보았다.

다행히 정해랑은 정신을 차린 듯 순간 웃음을 멈추었다.

예의 음산하고 으스스한 분위기를 내뿜으며 천천히 고개를 돌려 나를 바라보았다.

정해랑의 시선에 움찔 놀라며 물러서려는 것을 꾹 참는 가운데, 정해랑이 고개를 숙이며 사과하였다.

"미안, 잠시 생각에 빠져 있어서……."

그 순간 정해랑의 몸에서 내뿜던 으스스한 분위기가 사라졌다.

나는 작게 한숨을 토해내며 고개를 끄덕여 주었다.

"괜찮아. 우린 친구잖아."

"응, 고마워."

친구라는 내 말에 정해랑은 정말 기쁜 듯 싱긋 미소를 지었다.

"아! 역시 머리카락은 정돈하는 것이 좋겠다."

나는 충동적으로 정해랑의 미소를 보고 싶어졌다.

나도 모르게 손을 내밀어 얼굴을 가리고 있는 머리카락을 뒤로 거두어 하나로 묶어주었다.

순간 얼굴이 살짝 상기된 채 수줍어하는 정해랑의 얼굴이 나타났다.

그런 정해랑의 얼굴을 보고는 가슴이 철렁하는 기분을 느꼈다.

평상시 정해랑이 내뿜던 음침하고 으스스한 기운과는 다

른 의미로 정신적인 충격이었다.

역시 해랑은 예쁘구나. 정말 예쁘다.

세상의 모든 미인을 만나본 것은 아니지만 적어도 내가 보았던 사람 중에서는 남녀 구분 없이 가장 아름다웠다.

미모가 뛰어나다는 점에선 어머니 친구 분의 아들놈도 제법 뛰어났지만 그쪽은 남성적인 매력이 있다고나 할까.

정해랑은 중성적인 것도 아니고 여성적인 아름다움을 가지고 있었다.

정말이지, 이렇게 예쁜데 남자라는 사실이 아까울 정도였다.

역시 이 녀석은 남자가 아니라 여자가 아닐까?

나는 정말 궁금했지만, 내가 변태도 아니고 위나 아래쪽을 만져서 확인해 볼 수도 없다. 미친 척하고 만져 볼까?

사내자식끼리, 더구나 친구 사이이니 가슴은 괜찮을지도.

하지만 여자라면……?

그런 짓을 해서 해랑이 진심으로 화를 내는 것을 생각하면 무서운데…….

"……."

"……."

나와 정해랑의 사이에 침묵이 흘러갔다.

왠지 대화가 이어지지 않는구나.

나도 이젠 어떻게 되든 모르겠다.

어색한 분위기를 변화시킬 겸 주루의 안쪽 탁자에 자리를 잡고 앉았다.

정해랑은 의자에 앉더니 돌연 입을 열었다.

"나의 의지를 전파(傳播)를 담아 보냈을 뿐이야."

전파(傳播).

뜬금없이 시작된 대화라 여전히 어색할 뿐 아니라 생전 처음 들어보는 말이었다.

"저기, 전파(傳播)? 그건 뭐냐?"

"전파는 나의 혼에서 비롯된 정신세계의… 아니… 상단전에서……. 그것도 아니고, 사부님이 가르쳐 준 사령주기(死靈主技)의 절기인데……."

지금 해랑이 뭔 소리를 하는 거지?

정해랑은 어떻게 설명해야 할지 모르는 듯 우왕좌왕 뜻 모를 말을 연속해서 내뱉을 뿐 제대로 된 설명을 하진 못했다.

그것도 잠시, 설명하기 좋은 단어를 떠올린 듯 고개를 끄덕이며 말을 이어나갔다.

"전파(傳播)는 일종의 혜광심어(慧光心語)야."

혜광심어(慧光心語)!

정해랑의 입에서 뜻밖의 고유명사가 나오자 나는 놀라지

않을 수 없었다.

"혜광심어라면 설마 소림의 칠십이절예 중 하나라는 그거냐?"

전음이 자신의 목소리를 특정 상대방에게 들리도록 하는 것이라면, 소림의 혜광심어는 귀가 아닌 마음 그 자체에 전하는 무공을 넘어선 초능력이다.

정해랑은 바로 소림의 혜광심어를 사용했다는 것이다.

"소림의 혜광심어와 완전히 똑같은 것은 아니지만… 나는 나의 의지를 다른 사람에게 전파(傳播)할 수 있어."

자신의 의지를 다른 사람의 머릿속에 강제로 전달한다. 전파한다.

정해랑이 사부 고루독마에게서 전수받은 사령주기가 지닌 특수한 능력 중 하나. 역시 독공이 아니었던 것이다.

"으음, 의지를 전파(傳播)하는 것치곤 비명을 지르고 나가 떨어지는 것이 뭔가 정도를 넘어선 것 같은데……."

사자후도 아니고.

"원래는 강시나 죽은 시체를 조종할 때 사용하는 거라서……."

"……."

정해랑이 사용한 전파라는 것은 소림의 혜광심어라기보단 독(毒)과 들어 있는 전파(傳播), 독전파(毒傳播)라고 불러야 할 것 같았다.

고루독마의 사령주기가 독공이 아니라는 나의 생각을 정 정하겠다.

정해랑이 다른 사람들에게 독전파를 퍼뜨려 전멸시킨 것 을 본다면 다른 의미론 신종의 독공일지도 모르겠다는 생각 이 들었다.

시간이 흘러 정해랑이 보낸 독전파에 맞고 나가떨어져 실 신해 버린 녀석들이 하나둘씩 정신을 차리고 몸을 일으켰다.

깨어나는 그들의 모습에 다시 소동을 피울까 생각되어 눈 살을 찌푸렸다가 훤하게 드러난 정해랑의 미모를 확인하고는 고개를 끄덕였다.

"이건 좋은 기회다! 다들 너의 미모를 확인할 수 있다면 너 에 대한 나쁜 소문쯤은 단숨에 사라질 거다."

"정말?"

정해랑은 자신의 외모에 자신이 없었다.

그도 그럴 것이, 다들 머리카락에 가려진 음침한 외모에 살 기 비슷한 기운을 자연스레 내뿜는 정해랑을 무척이나 두려 워하기 때문이다.

하지만 얼굴을 가린 머리카락을 걷어낸다면 특유의 음침 한 분위기는 사라지고 아름다운 외모로 인해 두려움 대신 사랑스런 감정이 생겨나는 이들도 있을 것이다.

"당연하지. 나만 믿으라고."

자신감 넘치는 장담과는 반대로 모두는 정신을 차린 즉시 찢어지는 비명과 괴성을 지르며 정해랑의 얼굴도 확인해 보지 않고 도망치기에 급급했다.

"히이익! 살려! 살려줘!"

"독이다! 죽기 싫으면 도망쳐라!"

"크윽! 과연 흑암사신이구나. 사부인 고루독마보다 더하구나. 난데없이 극독을……."

"접근하는 사람에게 공포와 죽음을 안겨주는 칠흑의 사신……."

모두의 도망치는 모습에 정해랑은 단번에 풀이 죽어버린 채 고개를 숙였다.

"역시 나는 모두가 두려워할 정도로 흉악하게 생겼구나."

정해랑은 내가 묶어준 머리를 풀어 예전처럼 자신의 얼굴을 가려 버렸는데 태양처럼 찬란했던 미모가 사라지고 우울함이 더해져 음침하고 음산한 기운은 더욱 짙어졌다.

"아니, 이건 아니야! 한 번만 네 얼굴을 본다면……."

"괜찮아. 다른 사람이 나를 무서워하든 말든 무용 너만 친구로 있어준다면……."

그렇게 말하며 나를 향한 뭔가 끈적끈적한 집착이 느껴지는 정해랑의 눈빛이 왠지 부담스러웠다.

크윽! 살기 비슷한 기운은 없지만 이건 이거대로 무섭다.

다른 녀석들처럼 정해랑에게서 도망치고 싶지만 나마저 도망치면 친구로서 배신하는 것이나 다름없다.

나는 어떻게든 정해랑이 자신의 미모를 드러내어 모두의 호감을 살 수 있도록 만들어주고 싶었다. 나 이외의 친구를 사귈 수 있도록 만들어주고 싶었다.

어느 현자가 외모보단 내면이 더 중요하다고 말했다.

내가 생각하기엔 전부 개소리다.

겉으로 보이는 외모만 괜찮으면 정도만 넘지 않는 이상 다 좋게 봐준다.

뛰어난 미모를 지닌 미녀가 평소 모든 이들에게 새침하게 굴며 온갖 민폐를 부린다고 해도 그 또한 매력이라 좋아할 것이다. 추녀였다면 욕을 하며 침을 뱉었을 것이다. 이는 여자만이 아니다 남자도 마찬가지다.

반대로 외모가 흉악하면 아무리 좋게 행동해도 뭔가 사악한 음모나 꿍꿍이가 있는 위선자라며 안 좋게 보는 것이 이 세상의 비정한 현실이다.

그런 의미로 정해랑의 미모는 그 자체가 사회생활에 있어 중요한 무기였다.

여자보다 더 아리따운 미모를 모두에게 드러낼 수만 있다면 흑암사신이라는 듣기에도 무시무시한 별호가 아니라 흑의 미공자라 불리며 모두에게 동경의 대상이 될 것이다.

"기다려! 모두들 멈춰 서라!"

아무나 한 명 붙잡아 정해랑의 미모를 확인시키려 했지만 나의 외침에 모두의 두려움이 더욱 상승될 뿐이었다.

"히이익! 도망쳐라! 빨리 도망쳐!"

"혈혼광마님의 폭주다! 저분은 사부인 피를 뿌리는 혈마와 똑같아!"

"죽는다! 죽는다! 죽는다! 집에 병이 드신 노모도 있고, 아직 죽기 싫어요!"

"혈혼광마님은 산 채로 몸을 조각조각 내서 자신의 머리 위에 피를 뿌린다고!"

"죽음을 부르는 흑암사신에 이어 피육을 뿌리는 혈혼광마가! 대량 살육이 벌어진다!"

너무나 어이가 없고 화가 나 아무나 한 명 쫓아가 손을 좀 봐주려다가 왠지 허무한 생각이 들어 걸음을 멈추었다.

"그래, 모두들 마음대로 착각해라! 정해랑의 진실된 모습은 나만 알고 있으련다."

정해랑의 미모는 이제 나만의 것이다.

모두를 향해 화풀이를 마친 후 정해랑이 앉아 있는 탁자로 돌아가 의자를 꺼내어 앉으며 말했다.

"우리끼리 술이나 마시자."

그 말에 정해랑은 머리카락 때문에 보이지 않지만 아마 부드럽게 미소를 짓고 있을 것이다.

"응. 나도 그게 좋아."

일련의 소동으로 마도인은 물론 점소이까지 전부 도망쳤지만 신기하게도 주루의 주인은 도망가지 않고 주문을 받았다.

우리가 무서운지 덜덜 떨면서도 도망치지 않는 모습이 뭔가 상인의 의지가 느껴졌다.

이 아저씨, 푸짐하게 생긴 것치곤 근성이 있군.

하긴 중원에서 온갖 악행을 일삼다가 정파의 무림인에게 쫓긴 마도인의 최후의 도피처가 다름 아닌 십만대산이었다.

그런 곳에서 주루를 운영하고 있으니 자연스럽게 근성이 단련되었을 것이다.

그러고 보니 오늘 하루 우리 때문에 장사를 망친 것 같아서 왠지 미안한 마음이 들었다.

비싼 술과 요리를 가져오라고 말하고 싶었지만 혈마가 워낙 고기를 좋아해 매달 지급해 주는 식비가 부족하지 않음에도 아껴 사용해야만 했다.

어쩔 수 없이 비교적 값싼 화주와 간단한 볶음 음식을 주문

하려는데 정해랑이 나서 하나같이 고급 요리만을 주문하는 것이었다.

바깥세상에선 중급의 요리겠지만 식자원이 한정된 십만대산에선 하나같이 고급에 속하는 요리였다.

"저기, 이런 걸 주문해도 괜찮겠어?"

"응. 괜찮아. 많거든."

들어보니 십만대산의 질서를 관리하는 마교에서 이곳을 지켜준다는 고마움으로 정해랑의 사부인 고루독마에게 지급해 주는 식량 및 돈이 혈마와 비교해 수십 배는 많았던 것이다.

혈마와 달리 고루독마는 사고를 치지 않았기 때문이다.

적어도 무고한 양민을 학살하는 일은 없었다. 고루독마가 죽인 사람은 전부 적, 혹은 비무 상대뿐이었다.

대부분의 절정에 이른 고수가 그렇듯 고루독마는 무공 수련 이외엔 취미가 거의 없고, 좋아하는 여자도 없고 술도 마시지 않아 씀씀이가 헤프지 않았다.

덕분에 정해랑은 십만대산에선 상위의 부자에 속했다. 부자 친구를 둔 덕분에 나는 오랜만에 입과 배를 호강시킬 수 있었다.

향기로운 술과 요리를 먹고 마시며 정해랑과 담소를 나누

고 있었는데 중년의 남자가 일단의 무인을 대동하고 주루의
입구에 나타났다.

그들의 시선이 우리에게로 모여졌다.

"응? 뭐지?"

설마 아까 도망친 녀석들이 불러서 나타난 건가?

불안한 마음에 술잔을 내려놓음과 동시에 주루의 입주에
나타난 이들 중 중년의 남자 한 명만이 안으로 들어와 우리들
에게로 다가오더니 양손을 모으며 포권하였다.

"처음 뵙겠습니다. 저는 만마련의 총관 상관명이라고 합니
다. 명성 높으신 두 분께 인사드리게 되어 진실로 영광입니
다."

만마련의 총관 상관명.

만마련(萬魔聯)은 마도무림의 최강이자 최대의 세력이었
다.

만마련의 근거지가 십만대산에 있기에 중원의 무림인은
마교, 혹은 마교의 세력이라고 생각하지만 만마련은 절대 마
교가 아니었다.

만마련엔 종교적인 색채가 전혀 없었기 때문이다.

천마지존이라는 거대한 존재감에 이끌려 자연스레 만들어
진 집단이라는 것이 가장 알맞은 답일 것이다.

오래전에 마교와 갈라졌지만 공생의 관계만은 유지하고

있달까.

침략해 오는 적으로부터 지켜주는 방패이자 찌르는 창이 되어준다.

그러한 만마련의 총관이라는 작자가 나와 정해랑을 찾아온 것이다.

도대체 무슨 꿍꿍이가 있는 거지?

마도인들이 나와 정해랑을 두려워하는 것처럼 나의 의구심 또한 일종의 선입관이라는 생각이 들었지만 상대가 상대인 만큼 어쩔 수 없었다.

사람이란 자신이 보고 싶은 것만 보고 결론을 내리는 것이 보통이기 때문이다.

필요악(必要惡)까진 아니겠지만 세상을 살아가는데 큰 도움이 될 것이다.

"아… 저기, 사람을 잘못 찾아오신 건 아닌지……."

상관명은 고개를 내저었다.

"그럴 리가요. 제가 아무리 견문이 낮다 해도 위명하신 혈혼광마님과 흑암사신님을 몰라볼 리가 없습니다."

"저기, 저는 혈혼광마가 아닌데요."

일단 혈혼광마라는 흉악한 별호에 대해 부정해 보았다.

정의의 협객을 꿈꾸었던 나로서는 도저히 용납하기 어려운 별호였기 때문이다.

상관책은 싱긋 웃는 얼굴로 무시해 버리며 말을 이었다.

"제가 소속된 만마련에서 장차 있을 대업을 위해 마도의 영웅을 포섭하고 있습니다."

어이! 지금 내 말은 무시하는 거냐!

이거 왠지 화나네.

생각 같아서는 저놈의 웃는 낯짝을 한 대 먹이고 싶었지만 그런 짓을 했다간 나 스스로가 혈혼광마라는 흉악한 별호를 인정하는 것 같아서 참았다.

잠깐! 방금 저 자식이 나에게 뭐라고 했지?

"저를 포섭한다고요?"

상관명이 고개를 끄덕였다.

"그렇습니다. 만마련은 장차 대업을 행할 생각입니다. 혈혼광마님이 대업의 한 축을 담당하기를 원하고 있습니다."

상관명이 말하는 대업이 무엇인지 알고 있었다.

오래전에 성월교의 지도자인 성녀가 대업에 대해서 설명해 주었기 때문이다.

중원 정벌! 마도 천하!

그야말로 유치하기 짝이 없는 대업이었지만 천마지존의 만마련이라면, 그리고 마교라면 결코 유치하게 볼 수만은 없었다.

무림의 역사를 보아도 천년마교를 시작으로 마교는 끊임

없이 무림을, 중원을 침략해 왔던 것이다.

마교를 포함한 마도무림에 의한 중원 정벌 및 마도천하의 대업은 단 한 번도 성공하지 못했지만 그로 인해 수많은 사람의 피를 보았고 막대한 피해를 입혔다.

처음 잘못을 누가 했는지 모르겠지만 마교 혹은 마도인이 저지르는 악행으로 중원의 무림인은, 특히 정파인은 마도인만 보면 때려죽이려고 혈안이 되어 있었다.

성녀는 십만대산 밖에서도 자유롭게 살아가고 싶다는 꿈을 가지고 있었지만 그것과 반대로 장차 마교와 마도인이 일으킬 재앙이자 비극을 막고 싶어했다.

다만 성녀가 제시한 해결책이라는 것이 천마지존을 쓰러뜨리는 것이었다.

나로서는 너무나 황당해서 엄두도 나지 않지만 말이다.

그리고 지금,

성녀와 반대 측에 서 있는 만마련에서 나를 포섭하기 위해 나타났다.

장차 일어날 무림의 재앙을 막기에 나의 힘은 부족하지만 그렇다고 한 축을 담당할 생각도 없었다.

"거절합니다."

단호한 어조로 거절하였음에도 상관책의 얼굴에 감도는 미소는 사라지지 않았다.

"성녀님에 대해서는 신경 쓰실 것 없습니다."

역시 알고 있었군. 하긴 당시 성녀의 부름에 모였던 젊은 마도인의 대부분이 도망쳤으며 대업을 행하려는 마교나 만마련에선 성녀가 자신들과 뜻을 달리한다는 사실이 알려질 대로 알려졌을 것이다.

반역을 저지르는 것이라 할 수 있겠지만 그럼에도 성녀를 가만히 내버려 두는 것은 성녀의 존재가 마교 내에서 생각 이상으로 대단한 존재이기 때문이며, 동시에 교주의 딸이자 천마지존의 외손녀라는 이유도 있었다.

"저와 성녀님과의 관계를 알고 계신다면 저의 뜻은 변함이 없다는 것을 아실 겁니다."

성녀를 핑계로 만마련의 포섭을 거절해 볼 생각이었다.

나의 생각과 달리 상관명은 포기할 생각이 없어 보였다.

"상관없습니다. 성녀님의 마음은 너무나 여리십니다. 그리고 어리시지요. 그렇기에 교에서, 그리고 만마련에서 행하려는 대업의 중요성을 잘 모르십니다."

"그래서요?"

"성녀님은 교의 장식에 불과합니다. 고작해야 꿈 많은 젊은이들이나 양민들의 지지를 받는 것뿐입니다. 언제까지 이런 좁은 땅에서 인생을 썩힐 생각이십니까? 젊은 나이일수록 꿈을 키우는 것이 좋지 않겠습니까? 혈혼광마님, 밖으로 나가고 싶지 않습니까?"

하나같이 구구절절 옳은 말뿐이었다.

내가 마도인이었다면 상관명의 말에 따라 대업이라는 것에, 넓은 세상에 나가고 싶다는 혈기에 마음이 흔들려 동참했을지도 모른다.

하지만 나는 마도인이 아니었다.

육대마공 중 하나인 혈형마공을 수련, 오단계에 도달하여 절정 급의 고수가 되었지만 그럼에도 나의 마음은 정도(正道)를 걷는 정파인이다.

비록 힘이 부족해서 저들이 행하려는 악행을 막을 수는 없지만 중원 정벌, 마도 천하를 도울 수는 없었다.

"그래도 저는 거절하겠습니다."

상관명은 이해할 수 없다는 표정을 지으며 고개를 내저었다.

"이거 참 고집이 세시군요. 그렇다면 흑암사신님은……."

상관명은 나를 대신하여 정해랑에게 뭐라 말하려다가 바로 고개를 돌렸다.

정해랑의 전신에서 음산한 기운이 일렁거리고 있었던 것이다.

머리카락에 가려져 보이지는 않지만 두 눈을 통해서 설명하기에도 두려운 기운이 뿜어져 나와 상관명을 압박하고 있었다.

독전파였다.

정해랑은 성월교의 신자로 성녀에 대한 존경심이 강한 녀석이라 성녀를 무시하는 상관명에게 화가 난 것이다.

"크으으……."

상관명은 두려움 가득한 신음을 토해내며 전신에서 식은땀이 흘러내렸다.

그럼에도 용케 정신을 잃지 않은 것은 정해랑이 전력을 다하지 않은 것도 있지만 상관명이 마도무림에 몇 안 되는 절정고수였기 때문이다.

수라마영(修羅魔影) 상관명.

마도무림에서 무공을 포함해 악명이 높은 백대마인의 하나로 십만대산에 오기 전엔 사기꾼으로 살아갔으며 수틀리면강도로 돌변하여 온갖 악행을 저질렀다.

상관명은 정해랑이 내뿜는 독전파를 견디지 못하고 자리에서 일어났다.

"혈혼광마님, 다음에 만날 땐 좋은 대답을 기다리겠습니다."

그 말을 끝으로 도망치듯 떠나려다가 문득 생각났다는 듯걸음을 멈추었다.

정해랑에 대한 두려움을 떨쳐 내려는 듯 심호흡하며 말을 이었다.

"혈혼광마님, 혈마님을 사부로 모신 만큼 감당할 수 있으시겠지만 그렇다고 해도 살육귀를 조심하는 것이 좋으실 겁니다. 주화입마나 심마에 의한 폭주도 아니고 하물며 혈마님처럼 살인 욕구를 가진 것도 아닌, 비교한다면 흑암사신님과 비슷한 성질(性質) 삶 그 자체이니까요."

상관명은 그런 알 수 없는 말을 남기며 떠나갔다.

"저 녀석, 왜 나에게 살육귀에 대해서 말하는 거지?"

나는 상관명이 해준 말이 이해되지 않아 살육귀에 대해 생각하며 고개를 갸웃거렸다.

정해랑은 걱정스러운 표정을 지으며(아마도) 나의 의문에 대답했다.

"살육귀는 무서워. 조심해야 해."

정해랑이 나를 걱정해 주는 그 말은 전보다 한층 더 탁하고 나직했으며 음산한 기운이 넘쳐 났다.

"……."

미안. 나는 네가 더 무서워.

만마련의 총관이라는 상관명 탓에 뭔가 분위기가 이상해져 술을 마시며 놀 기분이 아니었다.

그런 이유로 우리는 요리로 배만 채운 후 주루 밖으로 나

·   갔다.

오랜만에 만난 정해랑과 이대로 헤어지는 건 아쉬웠지만 이대로 계속 마을에 있어봤자 왠지 골치만 아파질 것 같다는 기분이 들었다.

"미안하지만 오늘은 이만 집으로 돌아가는 것이 좋겠다."

"알았어."

정해랑은 동의하는 듯 고개를 끄덕이다가 문득 생각났다는 듯 말을 이었다.

"무용, 예배엔 언제 나올 생각이야? 그날을 빼곤 계속 참석하지 않는 것 같은데……."

실로 생각지 못한 돌발적인 질문이었다.

나는 살짝 당황하지 않을 수 없었다.

정해랑이 자세히 말하지 않았지만 아무래도 성녀가 나를 찾고 있을 것 같다는 생각이 들었다.

심정적으로 나도 마교의 대업인지 뭔지를 막고 싶었지만 나 혼자만의 능력으론 안 되니 어쩌겠는가.

그런 이유로 성녀와 만나는 것은 거북하기 그지없는 일이었다.

나는 당황한 기색을 필사적으로 감추며 변명의 말을 늘어놓았다.

"저기, 사형도 많이 다쳤고 사부님이 무공 수련을 하라면서 감시도 하고 그래서 시간이 없어. 예배에 나가는 것은 여러모로 어려울 것 같아."

어때, 이거라면 납득할 수 있겠지?

이래봬도 나는 바쁜 몸이라고.

"지금은 어떻게 마을에 나온 거야? 최소한 일주일에 한 번은 마을에 내려오는 걸로 아는데……."

내가 필사적으로 생각해 낸 변명을 가볍게 잘라 버리는 질문이었다.

정해랑 이 녀석, 혹시 몰래 내 행동 하나하나를 지켜보고 있는 건가?

말없이 지켜보는 정해랑의 모습이 떠오른다.

으으, 생각하는 것만으로도 등골이 오싹해지는 기분이 드는 건 왜지?

"그건……."

나는 또 다른 변명거리를 찾기 위해 필사적으로 머리를 굴리다가 대로에 웬 사람이 누워 있는 것을 발견하였다.

"아! 저 남자는!"

다름 아닌 투귀였다.

성녀 앞에서 태연히 잠을 자는 것이 무척이나 대범한 성격이라고 생각했었다.

대로에 아무렇지 않게 누워 자는 모습을 보니 대범한 성격이 아니라 독특한 성격의 소유자인 것 같았다.

어쨌든 지금의 곤란한 상황에서 벗어날 좋은 기회였다.

나는 투귀에게 다가갔다.

"이봐, 이런 곳에 누워 있으면 안 된다고."

아무리 소리쳐도 깨어날 조짐이 없자 어쩔 수 없이 그의 오른쪽 어깨를 붙잡고 흔들었다.

예전에 사형이 잠자는 투귀는 깨우면 안 된다는 소리를 들은 것도 같지만 괜찮겠지.

"어이! 그만 일어나라고!"

나는 계속해서 어깨를 흔들다가 아예 몸을 붙잡고 강제로 일으켰다.

투귀의 몸을 붙잡은 나의 손을 통해 단단하면서도 탄탄하고 뭔가 나오는 다른 형태와 성질을 지닌 근육이 느껴졌다.

근육 때문인지 투귀의 몸은 생각한 것 이상으로 무겁다는 느낌이 들었다.

외공에 대해선 문외한인 나조차도 한계까지 단련된 육체라는 것을 알 수 있었다.

철포삼이나 금종조와 비슷한 마공이라도 수련한 건가?

나는 의문을 뒤로한 채 투귀를 대로 바깥쪽으로 질질 끌고 갔다. 대로 한가운데서 자는 것보단 나을 것이다.

그때 정해랑이 기척도 없이 다가와 나의 팔을 잡아끌었다.

워낙 갑작스러운 일이었기에 투귀는 나의 손에서 떨어져 땅바닥에 내동댕이쳐졌다.

거칠게 대했음에도 잠에서 깨어나지 않는 모습이 뭔가 대단하다고나 할까.

"뭐 하는 거야?"

나의 손을 잡아 끈 정해랑을 바라보았다.

정해랑은 나를 투귀에게서 떨어지도록 하려는 듯 계속 잡아당기면서 고개를 내저었다.

"무용, 그는 깨우면 안 돼."

"뭐야? 잠에서 깨면 난폭해지기라도 한다는 거야?"

설마하며 물어본 것인데 정해랑은 긍정하는 듯 고개를 끄덕였다.

"응. 난폭해져. 잠자는 맹수야."

"헛소문일 거야. 너도 나도 헛소문 때문에 이상한 취급을 받았잖아."

혈마의 제자라는 이유로 나는 혈혼광마라는 흉악한 별호를 얻게 되었다.

아무 짓도 안 했는데 다들 무서워하며 비명을 지르며 도망치고 난리도 아닌 것이다.

정해랑 또한 고루독마의 제자이며 겉모습이 음침하다는 이유로 흑암사신이라 불리고 있다.

사실은 착한 아이인데 말이다. 착할 뿐 아니라 머리카락 안에는 감추어진 얼굴 또한 엄청난 미모를 가지고 있다.

"나는 소문이나 선입관에 휘둘리지 않아."

나는 단호하게 말하며 땅바닥에 널브러진 채 잠을 자는 투귀를 안아 들었다.

"소문이 아니라 진짜인데……. 진짜인데……. 진짜인데……."

"……."

정해랑의 탁하고 나직한 중얼거림이 귓속으로 지속적으로 파고들었지만 왠지 무섭기도 해서 무시해 버렸다.

第八章
투귀(鬪鬼)

"이곳이라면 괜찮겠지."

투귀를 길 한구석에 눕혀놓으며 한숨을 내쉬는 순간 투귀가 잠에서 깨어나며 두 눈을 떴다.

"아!"

정해랑에게 괜찮다고 말했지만 혹시 모른다는 생각에 전신을 긴장하며 투귀를 유심히 살펴보았다.

투귀의 뜨여진 두 눈에서는 맹수의 흉광 같은 건 일어나지 않았다.

그저 잠에서 덜 깨어난 듯 몽롱한 기운이 가득할 뿐이다.

그런 투귀의 모습에 안도의 한숨을 토해내며 아직 잠이 덜 깬 투귀에게 말을 걸었다.

"웬만하면 대로 한가운데에 누워 있지 말라고. 그럼 나는 이만 가보겠다."

그 말을 끝으로 떠나려는데 투귀가 손을 내밀어 나의 오른 손목을 붙잡았다.

"어?!"

생각지 못한 상황에 놀라 소리쳤다.

워낙 순식간에 일어난 일이라 나로서는 어떻게 대처할 수가 없었다.

손목을 붙잡은 투귀의 두 눈에서 몽롱함이 사라지고 점차 생기가 감돌고 있었다.

투귀는 붙잡은 손목을 놓아주지 않은 채 자리에서 천천히 일어났다.

"이곳에서 너를 기다리고 있었다."

"그건 또 무슨 헛소리냐?"

나를 기다린다고 말한 것치곤 대로에서 잠만 잘 자고 있었다.

투귀의 말이 거짓이 아니라 진심이라면 그야말로 사람을 기다리는 태도가 글러먹었다.

"그것보다 내 손을 놓지 그래."

투귀의 손을 뿌리치기 위해서 힘을 주었지만 투귀의 손아귀는 족쇄처럼 단단하여 떨어질 생각을 하지 않았다.

"젠장! 지금 뭐 하는 짓이야!"

"도망치지 못한다."

"이 자식이!"

슬슬 열이 오르며 거친 말을 내뱉었다.

혈형마공을 운용하여 전신의 근력을 강화하며 투귀를 노려보았다.

"좋은 말로 할 때 당장 놓으라고!"

투귀를 위협하며 그의 손아귀를 떨쳐 내기 위해 오른팔을 크게 휘둘렀다.

심신의 조화보단 파괴력을 우선시하는 것이 마공이다.

그러한 마공 중에서도 혈형마공은 내공과 피가 함께 움직이며 육체를 활성화시키기에 기존의 어떤 마공보다도 뛰어난 괴력을 발휘할 수 있다.

혈형마공이 가진 괴력을 사용하여 손목을 붙잡은 투귀를 날려 버릴 것이라 생각했다.

하지만 그건 나만의 착각이었다.

"흠."

투귀는 나의 괴력에도 날아가지 않았고 붙잡은 손목도 놓아주지 않았다.

괴력을 견뎌낸 것을 넘어서 나를 압도하고 있었다.

"너의 완력은 제법이다. 하지만 나에겐 안 돼."

다음 순간 만근 같은 힘이 나의 팔목을 끌어당기며 그대로 땅바닥에 힘껏 처박았다.

쿠쿵!

굉음과 함께 전신을 짓누르는 엄청난 충격이 가해졌다.

"크윽!"

뭐냐, 이 말도 안 되는 괴력은?

아름드리 나무든 바위든 일격에 산산조각 내버리는 사형보다도 강할 것 같았다.

이것이 투귀의 진면목이라는 건가?

하지만 나는 사형보다도 강하다.

내공을 더욱 끌어모으면 이까짓 거!

투귀는 바닥에 누워 있는 나를 내려다보며 말했다.

"나의 여동생이 너에게 신세지고 있다고 들었다."

여동생이라는 말에 나는 혈형마공을 운용하는 것도 잊은 채 어리벙벙한 표정을 지었다.

누구를 말하는 거지?

내가 보살피고 있는 여자라곤 오직 한 명밖에 없었다.

"설마 종리혜를 말하는 거냐?"

"그렇다. 그 아이가 나의 여동생. 양의 탈을 쓴 살육귀(殺

戮鬼)."

"뭐?! 종리혜가 살육귀라고?!"

나는 물론 사형도 살육귀의 정체는 정확하게 알지 못했다.

반나절 만에 백 명이 넘는 수의 마도인을 별호 그대로 살육하여 연옥으로 잡혀 들어갔다는 소문만을 얼핏 들었을 뿐이고, 사형이 그에 대해서 이야기해 준 게 다다.

투귀는 자신의 혈육인 살육귀가 저지른 일을 전부 지켜보고 막아낸 당사자로서 당시의 일을 기억하는 듯 쓴웃음을 짓고 있었다.

"후후, 나는 가능하면 그 녀석의 일엔 상관하고 싶지 않았다. 하지만 이제 곧 심연이 열린다. 그러니 그 아이를 돌려받아야겠다."

"헛소리 마라!"

투귀의 말을 부정했다.

종리혜. 지켜주고 싶을 정도로 귀엽고 가냘픈 여자 아이의 정체가 다름 아닌 살육귀라니.

혈마와 똑같은 흉악한 미치광이라니.

그런 말도 안 되는 이야기는 절대 믿을 수가 없었다.

저놈이 나에게 거짓말을 하는 것이 분명했다. 저번에 종리혜에게 못된 짓을 하려는 파락호들처럼 거짓말로 나를 우롱하고 종리혜를 납치하려는 것이 분명했다. 그렇게 생각했다.

"네가 믿든 말든 상관없다. 녀석이 구제불능의 살육귀라는 것은 부정할 수 없는 진실이니까."

"이 자식!"

나는 더 이상 참지 못하고 가진 모든 힘을 끌어모아 투귀가 나의 몸에 가하는 괴력에 대항하며 몸을 일으켰다.

몸을 일으키는 것과 동시에 투귀에게 붙잡히지 않은 자유로운 왼손을 불끈 주먹을 쥐고 투귀의 얼굴을 힘껏 후려갈겼다.

퍼어엉!

마치 화약이 터지는 것 같은 꿍음과 함께 투귀의 얼굴이 크게 돌아갔다.

투귀에게 손목을 붙잡혔기에 제대로 된 자세가 나오지 않아 주먹에 최고의 위력이 실리진 않겠지만 혈형마공 오단계인 절정고수 급의 힘이 담겨진 만큼 바위는 물론 설사 쇠뭉치라 해도 박살 낼 자신이 있었다.

투귀가 마도무림의 신진을 대표하는 고수라 해도 멀쩡하지 않을 것이다.

그랬어야 하는데……

투귀는 주먹에 가격당한 부분이 살짝 붉어졌을 뿐 아무렇지 않은 듯 작게 한숨을 토해내며 말했다.

"후우, 제법 위력은 있었다. 하나 그저 완력뿐……."

"설마……."

투귀 또한 내가 그랬던 것처럼 자유로운 주먹을 힘껏 움켜쥐었다.

"너의 주먹엔 혼(魂)이 없다."

다음 순간 나의 주먹이 만들어낸 폭발음보다 조금 작지만 깊숙이 파고드는 굉음이 일었다.

순간 눈앞이 깜깜해졌다.

잠깐 정신을 잃은 것 같았다.

머리가 어찔하고 뭔가 기억이 사라진 것도 같았다.

한 가지 확실한 사실은 투귀의 주먹에 맞았던 얼굴 한쪽이 무척이나 뜨거웠고 마비된 것 같은, 그러면서도 참혹한 고통이 느껴졌다.

상처는 겉만이 아니라 입 안에도 있었다.

입 안 곳곳이 찢겨지고 피가 흘러 쇠 맛이 가득하고 뭔가 딱딱한 것이 역시 찢어진 혓바닥 위에 뒹굴고 있었는데, 다름 아닌 어금니가 부서진 채 빠져 버린 것이다.

투귀의 주먹이 만들어낸 것이었다.

나는 모든 상처를 확인하고 몇 박자 늦게 태어나서 처음 경험해 보는 극통에 비명을 터뜨리지 않을 수 없었다.

"크아아악!"

아프다!

그리고 무서웠다.

이 순간 죽을지도 모른다는 공포를 느꼈다.

사람은 처음 살인을 저지르면 생각 이상의 충격을 받는다고 하는데 살인 같은 건 어차피 남의 일이다.

늦든 빠르든 결국엔 극복할 수 있다.

살인을 저지르는 것보다 누군가에게 살해당할 뻔하거나, 혹은 유사한 경험을 겪는 경우가 훨씬 충격이 크고 심각하다.

그러한 경험은 극복하기도 어렵고 극복하지 못할 시엔 평생 마음의 상처를 안고 고통스럽게 살아가게 될 것이다.

"흥!"

투귀는 코웃음 치며 한 번 더 나의 얼굴을 치려는 듯 주먹을 움켜쥐었다.

"자신의 주먹에 혼을 담을 수 없는 너의 정신은 한없이 빈약한 것……."

투귀는 설교하듯 말하며 주먹을 내려친다.

"으윽!"

나는 투귀의 주먹에 대한 두려움에 꼴사납게도 몸을 웅크렸는데, 그 순간 투귀의 등 뒤에 정해랑의 모습이 나타났다.

"무용을 건들지 마!"

정해랑과 만난 후 처음 들어보는 커다란 외침이었다.

정해랑은 나를 구해주려는 것 같았는데, 유감스럽게도 투귀의 주먹에 맞았을 때와는 또 다른 죽음의 공포를 느끼고 말았다.

나를 구하기 위해 있는 힘껏 독전파를 내뿜은 것이다.

덕분에 나도 독전파가 무엇인지 경험하게 되었다.

"크아아아악!"

투귀의 주먹이 폭력에 의한 육체적인 죽음이라면, 정해랑의 독전파는 영혼을 잡아 찢겨지는 죽음이었다.

아아, 이제 끝났다. 이만 끝내고 싶어.

영혼이 찢겨 나가는 두려움과 고통 속에서 이만 삶을 포기하고 싶은 마음이 가득했지만 그런 나의 연약한 정신력과 달리 육체는 나의 죽음을 부정하고 있었다.

혈형마공은 단전이 아닌 심장을 중심으로 내공이 쌓이며 피의 흐름과 함께 움직이는 마공이기에 경지가 높아질수록 어떠한 상처라도 빠르게 회복된다.

구단계 극성에 이르면 불사(不死)에 가까운 존재로 변화한다고 한다.

설사 스스로 죽음을 원한다 해도 혈형마공은 자신이 터전을 잡은 이의 죽음을 거부해 버리는 것이다.

두근! 두근! 두근! 두근! 두근!

심장이 미친 듯이 뛰어오르며 새로운 피와 내공을 계속해서 만들어내었다.

그렇게 만들어진 피와 내공은 육체 곳곳으로 퍼져 나갔고, 투귀에게 얻어맞아 생겨난 상처를 빠른 속도로 회복시켰다.

육체의 상처가 회복되는 것처럼 죽음에 대한 두려움 또한 마찬가지.

정도에선 육체의 단련 이전에 마음의 단련을 우선시하는데, 경지가 높아질수록 천지를 이루는 대자연과 하나가 되어 죽음에 대한 공포는 물론 삶의 집착조차 버릴 수 있는 선인 혹은 부처의 길로 이끌어준다고 한다.

혈형마공은 굳이 마음의 단련 따위는 하지 않아도 상관없었다.

사람의 마음 따윈 머릿속에 존재하는 체액과 여러 힘에 의해 만들어지는 것에 지나지 않는다.

혈형마공이 조정할 수 있는 것은 피만이 아니다.

혈형마공은 극성의 경지에 도달하거나 특별한 체질에 한에서 피를 포함해 몸 안에 존재하는 모든 종류의 체액(體液)을 지배할 수 있다.

머릿속에 존재하는 체액을 자유자재로 조절할 수 있다면 죽음에 대한 두려움 따위, 마음의 수련 따위는 하지 않아도 처음부터 당연하다는 듯 극복할 수 있는 것이다.

그렇게 모든 상처는 사라지고 마음속의 두려움 또한 사라졌다.

"아!"

정신을 차렸을 때 바로 눈앞에서 나를 두고 무시무시할 정
도로 전의를 불태우는 투귀에 맞서 얼굴을 가린 긴 머리카락
을 허공으로 마구 휘날리며 음산함이 가득한 칠흑의 기운을
내뿜는 정해랑의 모습을 확인할 수 있었다.

"죽인다. 죽인다. 죽인다. 죽인다. 죽인다. 죽인다. 죽인다.
죽어라! 죽인다. 죽인다. 죽인다. 죽인다. 죽인다. 죽인다. 죽
인다. 뒈져라! 죽인다. 죽인다. 죽인다. 죽인다. 죽인다. 죽인
다."

정해랑의 입에선 특유의 탁하고 음산한 음성으로 듣는 것
만으로도 죽을 것 같은 저주의 말이 끝없이 흘러나오고 있었
다.

뭔가 무시무시한 장면이었다.

혈형마공의 힘에 의해 두려움을 극복한 나였지만 저주의
말을 끊임없이 쏟아내는 정해랑과 대치할 마음은 없었다.

어쨌든 언제 터질지 모를 일촉즉발(一觸卽發)의 상황이었
는데, 내가 정신을 차린 것과 동시에 대치 상황은 갑작스럽게
사라졌다.

정해랑이 대치한 투귀를 무시한 채 나에게로 다가왔던 것
이다.

"무용, 괜찮은 거야?"

"응. 걱정 마. 나는 괜찮으니까."

나는 정해랑이 걱정하지 않도록 고개를 끄덕이며 입 안에 가득한 피와 어금니 두 개를 바닥에 뱉어냈다.

"이런! 제기랄 놈!"

나는 투귀를 향해 거친 욕설을 내뱉으며 혀를 움직여 어금니가 빠진 곳을 만져 보니 새로운 어금니가 자라나 있는 것을 확인하였다.

허어, 유치가 빠진 것도 아니고 환골탈태도 아닌데 빠진 이 대신 새로운 이가 생겨나다니.

이건 또 무슨 조화냐…….

혈마가 늘 말하는 천마지체는 아니겠고, 혈형마공이 지닌 회복력인 거냐?

겉모습이 피처럼 붉지 않을 뿐 나는 이미 혈마처럼 죽여도 죽지 않는 괴물이 된 거 아니야?

아니, 지금은 그런 걸 신경 쓸 때가 아니었다.

지금 걱정해야 할 문제는 나와 정해랑을 향해 무시무시한 전의를 내뿜는 투귀 저 빌어먹을 자식이었다.

"이 자식! 나의 얼굴을 쳤겠다!"

불과 방금 전만 해도 투귀에 대해 두려움을 느꼈는데 지금은 그러한 감정이 털끝만큼도 느껴지지 않았다.

종리혜에 관한 일과는 별개로 방금 전 당한 것을 백배로 갚아주고 싶다는 생각만이 가득했다.

나는 투귀를 노려보았다.

투귀 또한 나를 노려보며 새로운 대치 상황이 마련되었지만 유감스럽게도 그 이상의 충돌은 일어나지 않았다.

투귀는 나와 옆에 서 있는 정해랑을 확인하고는 결정을 내린 듯 전의를 자신의 내부로 갈무리하였다.

"지금 굳이 너희들과 싸울 필요는 없겠지."

그렇게 말하는 투귀의 얼굴은 처음 만났을 때처럼 무척이나 나른하고 졸린 듯 피곤함이 가득한 것으로 돌아갔다.

"삼 일 후 나의 여동생을 데리러 가겠다."

등을 보인 채 미련없이 떠나는 투귀에게 뭐라 소리치려다가 그만두었다.

정해랑이 폭발하려는 나를 말리려는 듯 팔소매를 잡아당기며 고개를 내저었던 것이다.

"안 돼."

정해랑의 말에 투귀에 대한 분노로 폭발할 것 같았던 나의 머리는 단번에 차갑게 식었다.

"그래, 투귀와 싸울 때가 아니지."

지금은 종리혜에 대한 진실을 확인해야 한다.

착하고 귀여운, 나에게는 여동생과 같은 그 여린 아이의 정체가 투귀의 동생이자 악명 높은 살육귀라니…….

나에게 그런 말을 한 투귀를 향해 화를 내며 헛소리라고 소리치긴 했지만 지금에 와서는 자신이 없었다.

"미안. 여기서 이만 헤어져야겠다. 나중에 만나자."

정해랑과 황급히 헤어진 후 곧바로 집을 향해 뛰어갔다.

집으로 돌아가니 종리혜가 문밖까지 마중을 나와 있었다.

"수고하셨습니다."

방긋 미소 지으며 공손히 인사를 하는 그 아이의 얼굴을 아무리 살펴보아도 악명 높은 살육귀의 모습은 전혀 보이지 않았다.

그런 종리혜의 모습을 확인하고 나는 속으로 안도의 한숨을 토해냈다.

후우, 종리혜가 살육귀라니. 역시 그럴 리가 없지.

투귀가 나에게 한 말은 전부 헛소리였던 거다.

마도인답게 거짓으로 나를 우롱한 것이 분명해.

빌어먹을! 그 자식! 용서 못해! 다음에 만나면 죽여 버리겠다!

삼 일 후에 자칭 자신의 여동생을 찾으러 온다고 했던가?

이곳이 혈마의 구역인 이상 그 말 또한 거짓말이 분명했지만 그렇다 해도 내가 직접 찾아가 원한을 갚아줄 생각이었다.

물론 지금의 나의 힘으론 조금 불안한 감이 있으니 혈형마 공을 오단계에서 육단계로 상승시킨 후에 말이다.

"마을에 내려가서 무슨 큰일이라도 생겼나요?"

종리혜는 투귀의 헛소리 때문에 깊은 생각에 빠져 있는 나의 모습을 걱정스러운 듯 바라보며 물었다.

나는 아무렇지 않다는 듯 미소를 지으며 고개를 내저었다.

"아니, 아무것도 아니야. 잠깐 생각할 것이 있어서……."

그날은 그렇게 하루의 시간이 평온하게 흘러갔다.

혹시나 싶은 불안감에 종리혜의 모습을 유심히 살펴보았지만, 역시 종리혜에게선 살육(殺戮)은커녕 살기의 흔적조차 느껴지지 않았다.

그녀는 작고 가련한 여동생 같은 소녀에 지나지 않았다.

살육귀 따위가 아니었다.

나의 마음속에 투귀에 대한 분노는 더욱 커졌다.

"투귀, 나를 우롱한 대가는 반드시 갚아주겠다."

그 후로 삼 일의 시간이 흘렀다.

정오.

투귀는 자신의 약속대로 나타났는데 그는 혼자가 아니었다.

투귀는 자신의 사부이자 조부를 등에 업고 있었던 것이다.

마도무림의 정상 오대마종 서열 오위.

삼전마도(三戰魔刀) 종리무쌍.

그는 투귀의 등에서 내려오며 나를 향해 뜻 모를 의미심장한 미소를 짓고 있었다.

나는 삼전마도의 미소를 보는 순간 충격을 받지 않을 수 없었다.

그의 얼굴이 추하거나 흉악하고 혈마처럼 온통 핏빛이라 섬뜩했기 때문은 아니었다.

얼굴은 평범했다. 아니, 비교적 미형에 가까웠다. 그리고 무척 젊었다. 미공자라 불러도 손색이 없을 것이다.

초절정의 경지에 올라서면서 반노환동한 것인가? 주안술일지도 몰랐다.

혈마도 본래의 나이에 비하면 엄청 젊어 보이니 동안인 점은 그리 놀랄 일이 아니었다.

삼전마도는 외모보단 신체적인 특징이 두드러졌다.

다리가 없었다.

정확하게 말하면, 바닥을 딛고 있는 두 다리의 무릎 아래가 존재하지 않았다.

태어났을 때부터 기형으로 태어났거나 혹은 누군가와 싸

우다가 병기에 잘려 나간 가능성이 높았다. 만약 기형이 아니라 잘려 나간 것이라면 살아 있다는 사실이 놀라울 따름이었다.

아니, 내가 삼전마도에게서 충격을 받은 것은 다른 결정적인 이유가 있었다.

종리혜와 남매라고 생각될 정도로 닮아 있었다.

저 정도로 닮아 있다면 누가 봐도 종리혜가 삼전마도의 혈육이라는 것을 알 수 있었다.

삼전마도의 혈육? 투귀의 동생?

살육귀!

"그런……."

투귀가 말했던 헛소리가 떠올랐다.

종리혜는 자신의 여동생이며 구제불능의 살육귀라고.

나는 투귀의 말을 믿을 수가 없었다.

투귀의 말이 헛소리라며 틀린 점만을 찾았고, 종리혜의 평소 행동만을 확인하고 안심하며 투귀가 나를 우롱하였다는 생각에 분노하였다.

나는 여동생이라 생각했던 종리혜를 믿고 싶어서 진실에서 눈을 돌렸던 것이다.

흔히 무림은 음모와 모략, 거짓이 판을 친다고 한다.

나는 그런 사실을 지겹도록 들었고 머리에 새겨 넣었기에 무공만 습득할 수 있다면 나름 훌륭한 무림인이 될 수 있을 것이라 생각했다.

나는 진심으로 깊게 생각하지 않았다.

오직 겉모습만, 행동만을 보고 판단할 따름이었다.

나에게 도움이 되고 잘해주는 이는 나의 편 착한 사람, 혈마처럼 나를 억압하고 때리고 나의 편이 아닌 적은 나쁜 놈인 것이다. 나는 아직 철이 없었다.

결국 종리혜의 위선적인 행동에 속은 것일까?

"아니! 믿는다."

나는 충격을 벗겨내려는 듯 고개를 내저으며 단호한 표정을 지었다.

결국 더욱 큰 상처를 입을지라도 당사자에게 진실을 듣기 전까지는 믿는다.

오빠라고 부르며 나를 따르는 종리혜를 목숨 걸고 지키겠다.

삼전마도의 미소는 더욱 짙어졌다.

"후후, 나를 보았을 때부터 표정 변화가 다양해지는데 나에 대한 두려움이니 존경심은 아니고, 혈혼광마라고 했던가? 제법 재미있는 녀석이야. 마음에 들어. 하지만 손녀의 일하곤 별개의 문제지만……."

삼전마도의 말이 끝나기가 무섭게 '쇄에에엑!' 하는 공기를 찢는 굉음과 함께 그의 머리 위로 붉은 벼락이 떨어졌다.

꽈앙!

지축을 뒤흔드는 폭음과 함께 전신을 붉은 운무로 휘감은 혈마가 모습을 드러내며 광소를 터뜨렸다.

"크카카카카! 다리병신이 내가 사는 곳엔 무슨 볼일이냐!"

혈마가 몸을 날려가며 온 힘을 다하여 내리찍었을 양발을 오른손 하나로 막아낸 삼전마도는 사납게 송곳니를 드러내었다.

"네 녀석의 뻘건 낯짝을 보기 위해서 온 것은 아니다, 빌어먹을 살인귀야!"

삼전마도는 욕설을 내뱉으며 남은 왼손을 혈마를 향해 힘껏 휘둘렀다.

삼전마도의 왼손에는 어느샌가 박도가 튀어나와 혈마의 몸을 두 조각으로 나누어 버리려고 하였다.

크아아앙!!

맹수의 울부짖음을 연상시키는 굉음과 함께 공기를 찢는 것을 넘어 부술 듯 날려 버렸다.

한눈에 봐도 엄청난 파괴력이었다.

저 정도의 파괴력에 압력이라면 제아무리 혈마라도 무사하지 못할 것 같았다. 물론 적중당하면 말이다.

혈마는 박도가 날아옴과 동시에 몸을 날렸고, 허공에서 사라지는가 싶더니 어느샌가 나의 옆에 우뚝 자리 잡았다.

"크크크, 다리병신 주제에 힘 하나는 대단하구나."

"나의 패왕삼변진결(覇王三變陳結)은 무적이다. 너 같은 것은 한 방에 끝이야."

패왕삼변진결(覇王三變陳結).

사형이 설명해 주길, 마도무림 육대마공의 하나로 육체적인 힘에 한에선 그야말로 최고.

삼전마도만이 알고 있는 비전의 수련법으로 오로지 육체 능력만을 극대화시킨다.

그렇기에 육체적인 능력, 특히 완력에 한에선 혈형마공조차 능가하며 경지가 높아질수록 힘의 격차는 벌어진다.

거기에 삼변(三變)이란 가공할 힘이 있었다.

삼변(三變)이란 세 번으로 나누어진 변화를 말한다.

변화할 때마다 전보다 몇 배 이상의 증폭된 힘을 사용할 수 있게 된다.

일 대 일의 단기 승부에 있어선 필살기이자 필승기이며 무적(無敵)의 힘이었다.

하나 어떤 무공이라도 일장일단(一長一短)이 있는 법.

마도 최고의 완력을 사용할 수 있는 대신 혈형마공과 달리 높은 경지에 도달해도, 설사 극성에 올라선다고 해도 장력을 날리거나 도강을 사용하지는 못한다.

삼변의 폭발적인 증폭에도 한계가 존재했다.

육체와 내공의 소모가 워낙 심하여 한 번 사용하기 위해선 평소에 힘을 비축해야 하고, 적을 쓰러뜨리기 전에 가진 힘을 모두 소모해 버리면 더 이상 움직이지 못하게 된다.

투귀가 평소 늘 나른하고 졸린 얼굴로 대로에서 누워 자는 이유가 패왕삼변진결의 삼변을 사용하기 위해서 힘을 비축하려는 행위였던 것이다.

"크크. 무적이니 뭐니 잘난 척해봤자 웃음만 나올 뿐이다. 천마지존 빌어먹을 자식을 제외하고 내 밑의 세 명 중 네 녀석이 제일 약하잖아."

제일 약하다는 말에 삼전마도의 곱상한 얼굴이 짐승처럼 사납게 일그러졌다.

"빌어먹을 뻘건 낯짝! 네 녀석의 비열한 짓만 아니었다면……."

혈마를 향한 삼전마도의 원한과 증오는 엄청난 것이었다.

그의 다리는 다름 아닌 혈마의 의해 잘려 나간 것이었기 때문이다.

오랜 옛날, 삼전마도가 아직 극성에 도달하지 못해 오대마종의 하나로 불리기 전에 있었던 일이다.

당시 혈마는 천마지존에게 당하기 전이었고, 마음 내키는 대로 사람들을 도륙하며 살아가던 시절이다.

혈마에게 당한 마도인 중 하나가 삼전마도였다.

무인에게 있어서 몸의 일부가 부족하다는 것은 그야말로 치명적인 것. 두 다리가 잘려 나간 일은 그야말로 치명을 넘어 절망적인 일이라 할 수 있었다.

삼전마도의 다리가 잘리지 않았다면 혈마의 서열 이위의 자리는 분명 그의 것이 되었을 것이다.

패왕삼변진결이 가진 삼변의 폭발적인 힘을 잘 활용했다면 일 대 일의 승부에서 천마지존를 이기고 마도 최강의 자리를 차지했을지도 모른다.

그 모든 것이 혈마가 저지른 짓 때문에 사라졌다.

"네 녀석만 아니었다면 나는!!"

삼전마도는 당시의 일을 생각하며 죽일 듯이 혈마를 노려보았다.

혈마는 삼전마도의 증오 어린 시선에 오히려 기분이 좋은 듯 광소를 터뜨렸다.

"크카카카카! 약육강식의 마도무림에서 그딴 헛소리를 뭐하러 지껄이는 거냐? 패자의 변명이 정말이지 구질구질할 뿐이다."

"개자식! 죽여주마!"

삼전마도의 전신에서 무시무시한 살기가 뿜어져 나오며

나의 전신을 무겁게 짓눌렀다.

"으윽! 이런 기세가……."

혈형마공이 아니었다면 견디지 못한 채 정신을 잃거나 죽었을지도 몰랐다.

혈마는 삼전마도의 살기 따위는 아무렇지 않다는 듯 연신 광소하며 자신의 가슴을 두들겼다.

"크카카카! 감히 본좌를 죽일 수 있을 것 같으냐! 혈형마공이 극성의 경지에 도달한 나는 절대 죽지 않아! 지옥에 떨어져서도 살아 돌아온 이 몸이시다! 크크! 죽일 수 있으면 어서 죽여 봐라!"

혈마의 도발에 삼전마도는 분노를 터뜨리며 당장이라도 뛰쳐나올 것 같았다.

"사부님."

투귀의 제지에 삼전마도는 가까스로 냉정을 되찾고 노기를 가슴안으로 갈무리하였다.

삼전마도의 얼굴에 떠오른 것은 처음 보았을 때 존재했던 의미 불명의 미소였다.

"후후후, 지금 당장 네 녀석을 때려죽이고 싶지만 오늘은 다른 일로 찾아왔느니라."

"크크크, 패자에 이어 겁쟁이의 변명이로구나. 곱상하게 생긴 것만큼 약한 놈이니 어쩔 수 없겠지."

혈마는 삼전마도를 비웃으며 연신 도발해 보지만 냉정을 되찾은 삼전마도의 미소는 요지부동이었다.

아니, 그게 아니다.

혈마의 도발 하나하나에 당장이라도 폭발할 것 같으면서도 혈마에 대한 분노를 억누르고 응축하고, 그렇게 응축된 힘이 점차 더 커져 가는 것이 느껴졌다.

혈마 또한 그런 사실을 깨달았다.

삼전마도의 패왕삼변진결은 참고 응축할수록 강해진다는 것을 알고 결코 경시할 수 없기에 도발을 멈추고 가볍게 코웃음 치며 말했다.

"흥! 네놈이 나와 싸우러 온 것이 아니면 달리 무슨 볼일이 있다는 거지?"

"나의 손녀를 데리러 왔다."

"네놈의 손녀를 왜? 아아, 크크크! 저기 저 아이를 말하는구나."

혈마가 손을 들어 가리킨 곳엔 종리혜가 있었다.

그 아이는 뭔가 슬픈 표정을 짓고 두 눈 가득히 눈물을 흘리며 집 밖으로 천천히 걸어나오고 있었다.

걸음을 옮길 때마다 쇠사슬이 끌리며 거슬리는 소리를 내었지만 이때의 나는 그걸 전혀 신경 쓰지 않았다.

지금의 상황에서 다가오는 종리혜에게 뭐라 말해야 할지

그에 대한 생각만으로 정신이 없었던 것이다.

그런 가운데 종리혜가 먼저 나를 향해 고개를 숙이며 말했다.

"오빠, 그렇게 잘 대해주셨는데 저에 대한 걸 숨겨와서 죄송해요. 저는, 흑……."

종리혜는 말을 잇지 못하고 참아왔던 울음을 터뜨렸다.

우는 종리혜의 모습에서 역시 살육귀의 모습은 보이지 않았다.

삼전마도의 얼굴을 확인한 순간 나의 마음속에 자리 잡았던 차가운 덩어리가 종리혜의 울음소리에 일순간 녹아 사라졌다.

살육귀라 불린다 해도 내가 모르는 사정이 분명 있을 것이다.

혈마가 나를 납치하여 배우게 한 혈형마공에 의해 내가 가끔 분노를 억누르지 못하는 것처럼 종리혜 역시 삼면마도 자신의 손녀라며, 제자라며 싫어하는데도 억제로 패왕삼변진결이라는 흉악한 마공을 수련시켰기 때문에 불미스런 일이 일어난 것일 수도 있다.

결국 잘못은 저들에게 있으며 종리혜의 잘못은 아니었다.

나는 손을 내밀어 종리혜의 머리를 붙잡고 나의 가슴으로 끌어안았다.

"괜찮아. 나는 네가 누구든 무엇을 숨겼든 신경 쓰지 않아. 너는 나의 가족이야. 눈에 넣어도 아프지 않는 사랑스런 여동생이야. 나는 오빠로서, 가족으로서, 소중한 이로서 무슨 일이 있어도 세상의 그 누구에게서라도 너를 지켜주겠다."

"오빠, 저는······."

나는 그 이상의 말은 듣지 않겠다는 듯 고개를 내저으며 끌어안은 종리혜를 나의 등 뒤로 숨기듯 옮긴 뒤 의미 불명의 미소를 짓는 삼면마도와 역시 무슨 생각을 하는지 알 수 없는, 더 이상 졸려 보이진 않지만 무표정한 투귀를 노려보았다.

이 아이를 지켜 보이겠다.

그런 나의 각오를 혈마가 경망스럽게 초를 치며 나섰다.

"크카카카카! 온몸이 근질근질하지만 나의 제자가 네놈의 손녀를 지키겠다는데 어쩔 거냐? 마도인답게 힘으로 덤벼볼 테냐?!"

혈마의 전신에서 혈형마공 구단계인 극성에 이른 핏빛 운무가 뿜어져 나왔다. 당장이라도 삼전마도와 싸울 수 있는 모든 준비를 끝마친 것이다.

삼전마도는 투지에 불타는 혈마를 무시한 채 나와 등 뒤의 종리혜를 바라보며 싱긋 미소를 지었다.

"알고 있겠지만, 나는 그 아이의 조부다. 그리고 소년 자네는 그 아이와 피 한 방울 섞이지 않은 남남이지. 그런 자네에게서 내가 손녀를 데려가겠다는 것에 무슨 문제가 있나?"

"크으, 그건……."

할 말이 없었다.

종리혜의 정체가 살육귀이기 그 이전의 근본적인 문제였다.

삼전마도와 투귀는 종리혜의 혈육, 조부와 친오빠이다. 그들이 혈육의 자격으로 종리혜를 데려가겠다는 것을 막을 수는 없었다.

고민하는 내 등 뒤로 종리혜가 이마를 기대며 작게 중얼거렸다.

"오빠, 저는 괜찮아요. 걱정하지 마세요. 제가 할아버님에게 돌아가면……."

"잠깐!"

으으, 지금의 상황을 어떻게 처리해야 하는 거지?

"크하하하! 나의 제자와 저 아이는 결코 남이 아니다! 조부인 네놈의 뜻이라 해도 가지 않을 자격이 있지. 예로부터 출가외인은 남이라고 하니까."

잠깐! 뭐라고?!

깜짝 놀란 나를 포함해서 모두의 시선이 그 말을 내뱉은 혈마에게로 모아졌다.

　저 혈마가 무슨 가당치 않은 말을 하려는 거지?

　삼전마도의 얼굴에 한순간 미소가 사라졌다.

　"혈마 네놈! 지금 무슨 헛소리를 지껄이는 것이냐?"

　혈마는 능글맞게 웃으며 말을 이었다.

　"크카카카! 멍청하긴. 척하면 알아들어야지. 나의 제자는
저 아이의 남편이라는 말이다!"

　뭐? 내가 종리혜의 남편?!

　혈마! 아무리 내가 종리혜를 지키기겠다고 말했지만 그건
좀 아니라고!

　장내엔 어색한 침묵이 감돌고 있었다.

　순간 어찌할 바를 몰라 당황하다가 고개를 돌려 종리혜를
살펴보니 혈마의 말에 부끄러운 듯 홍시처럼 붉어진 얼굴을
확인할 수 있었다.

　잠깐! 혈마의 헛소리에 얼굴 붉히지 말고 어떻게든 부정해
달라고!

　나는 마음속으로 비명을 지르지 않을 수 없었다.

　으아아아! 이건 아니야! 아니라고!

　내 나이가 많은 것도 아니고 종리혜는 훨씬 어리잖아!

　단지 종리혜를 귀여운 아이로, 여동생으로 생각했을 뿐 여

자로 보진 않았다고!

누가 좀 어떻게 해달라고!

마음속의 간절한 애원에 답하듯,

삼전마도가 침묵을 깨뜨렸다.

"농담은 그만 하지."

차갑게 내뱉는 삼전마도의 얼굴은 처음의 미소는 없고 진지했다.

"크크크. 농담이 아닌데."

혈마, 부탁이니까, 아깐 그냥 농담이었다고 말해줘!

혈마의 빈정거리는 듯 장난스런 말투에 삼전마도의 두 눈의 빛이 점차 사라져 갔다. 얼굴도 점차 빛을 잃으며 창백하게 변하였다.

어?! 뭐지, 저건?

투귀의 뭔가 나른하고 피곤해 보이는 모습과는 달랐다.

마치 죽은 사람을 보는 것 같은…….

삼전마도가 살아 있는 듯 움직이고 입을 열어 말을 하지 않았다면 그냥 죽은 시체로 보였을 것이다.

아! 저것이 패왕삼변진결이 가진 필살(必殺)이자 필승(必勝)의 절기(絶技).

삼변이라는 건가?

폭발(爆發)에 앞서 자신의 가진 모든 기운이 응축된 기수식.

"애들 장난도 아니고. 네놈에게 느끼는 원한과 증오 이전에 너의 가벼운 태도가 짜증난다."

혈마는 처음부터 흉악한 기세를 숨기지 않은 채 사악하게 웃으며 삼전마도의 말을 받아쳤다.

"크크, 드디어 본성을 드러내시는군. 그래, 이 자리에서 그 잘나신 변신이라도 하실 텐가. 나도 싸울 준비가 되었는데 말이지."

당장이라도 충돌한 것 같은 심각한 분위기이지만 이걸로 혈마의 충격 발언은 흐지부지된 건가?

다행이다.

조금 아쉬운 감도 없지 않아 있지만, 그래도 내가 종리혜의 부군이 되는 것은 좀 아니었지.

"너의 도발……."

한편 시체와 같은 빛을 잃은 눈으로 혈마를 노려보며 나직하게 중얼거리는 삼전마도의 오른손에 들린 박도에 이어 투귀가 그의 왼손에 박도 하나를 더 건네주었다.

그렇게 두 자루가 된 박도를 새가 날개를 펼치듯 머리 위 양쪽으로 들어 올리며 말을 끝맺었다.

"응해주마!"

삼전마도의 외침과 함께 스스로가 시체가 될 정도로 응축했던 모든 기운을 그대로 폭발(爆發)시켰다.

꽈아앙!

지면이 무너지고 흙더미가 그대로 허공으로 솟구칠 정도의 폭발과 변신(變身)!

했을 것이라 생각되지만,

나는 삼전마도의 변신을 확인하진 못했다.

나의 눈으로 따라가지 못할 엄청난 속도로 움직였기 때문이다.

혈형마공 오단계의 힘으로 시각을 상승시켜도 고속으로 움직이는 흐릿한 인형만을 확인할 수 있을 뿐이었다.

가공할 움직임보다 더욱 무서운 것은 파괴력!

눈에는 보이지 않지만 삼전마도가 스쳐 지나가는 곳마다 바위나 나무 지면을 포함하여 그곳에 존재하는 모든 것이 파괴되었다.

아마도 무릎 아래로 잘려 나간 발을 대신하여 사용하는 두 자루의 박도에 의해 만들어진 파괴 행위일 것이다.

그야말로 나의 상상을 초월할 가공할 신체 능력이었다.

나 같은 건 삼전마도와 대적한다고 하면 '앗!' 하는 순간 목숨을 잃고 피 곤죽이 될 것이다.

인간을 초월한 삼전마도에 맞선 혈마는 대등한 움직임을 넘어 한 박자 더욱 빠른 속도로 움직이고 있었다.

혈형마공은 심장을 중심으로 전신의 피를 지배하는 마공

인 만큼 육체적인 능력을 발휘함에 있어서 패왕삼변진결에 결코 뒤지지 않는다.

두 마공의 특성상 완력의 차이는 있을지 모르지만 몸을 움직이는 속도는 거의 대등하다. 하물며 삼전마도의 두 다리는 잘려 나간 채 양손에 들려진 박도로 발을 대신해야 했다.

일 대 일의 상황에서 무적의 힘을 발휘하는 삼변의 효과조차 사라지는 수밖에 없는 것이다.

"크카카카카카!"

혈마는 정말 유쾌하다는 듯 웃으면서 사방팔방으로 핏빛의 붉은 잔영을 그리며 흐릿한 흑색 잔상의 삼전마도와 어우러졌다.

"대단하다."

나도 모르게 감탄사를 토해냈다.

그야말로 소문으로만 들었던 초절정고수들의 싸움이었다.

흔히 무공의 공부를 위해 고수들 간의 싸움을 보는 것이 좋다고 하는데 눈에 보이지 않을 정도로 빠르게 움직이고 있으니 보는 것만으로는 크게 도움이 되지 않겠다는 생각이 들었다.

혈형마공의 힘을 사용하여 다른 감각을 배제한 채 오로지 눈의 감각만을 극대화시키면 두 초절정고수의 움직임을 확인할 수 있지 않을까.

하나 생각은 길게 이어지지 않았다.

초절정고수들이 사투를 벌이며 점차 멀어져 가기도 했지만 투귀가 새롭게 꺼내 든 두 자루의 박도를 손에 쥔 채 나를 향해 몸을 날리고 있었던 것이다.

투귀의 얼굴엔 특유의 나른함이나 피곤함은 사라지고 맹수의 흉포함이 대신하고 있었다.

단순한 비유가 아니라, 같은 인간이라 믿어지지 않을 정도로 길고 날카로운 송곳니를 사납게 드러내고 있었다.

백수의 제왕인 호랑이를 바로 눈앞에서 보는 것 같았다.

혈마나 삼전마도보단 상대적으로 느릴 뿐 투귀 역시 눈에 보이지 않을 정도로 빨랐다.

투귀의 경지는 일류고수 끝자락이라고 하지만 패왕삼변진결에 의해 절정고수의 움직임을 보여주었다.

"위험해!"

나는 이미 혈형마공의 힘을 끌어모으고 있었기에 투귀의 움직임에 반응해 공격을 피하려다가 등 뒤에 종리혜가 있다는 것을 깨닫고는 멈추었다.

"큭!"

도망칠 수 없다. 그렇다면 방법은 하나, 이 자리에서 투귀를 막아낸다.

결론을 내는 것과 동시에 내가 아는 가장 강력한 무공을 사용하였다.

패력혈강장(覇力血强掌)!

양손을 통해 피와 내공을 발산하는 지극히 단순한 장법!

소림의 대력금강수와 비슷한 이름을 가졌지만 그 위력은 결코 소림의 무공에 뒤지지 않을 것이다.

나는 양손을 투귀를 향해 내밀며 패력혈강장을 날렸다.

투귀는 예전의 일로 나를 쉽게 생각했던 것인가.

아님 패력삼변진결에 대한 절대적인 자신감을 가지고 있었던 것일까.

어쩌면 둘 모두일 가능성도 높았다.

투귀는 어떠한 허실도 없이 정면으로 달려들었고, 내가 패력혈강장을 날렸음에도 당연하다는 듯이 양손의 쌍도를 휘둘러 받아쳤다.

폭음과 함께 투귀의 쌍도는 패력혈강장의 핏빛 장력을 견디지 못한 채 부서지며 그대로 전진해 투귀의 몸통을 가격했다.

꽈아앙!

폭음과 함께 투귀는 충격을 받은 듯 피를 토해내었으나 두 걸음 물러섰다가 멈추어 섰다.

그대로 쓰러져라.

나의 간절한 바람과 달리 투귀는 고개를 들어 나를 바라보
며 말했다.

"전과 달리 이번엔 너의 혼이 느껴지는군."

이럴 수가!

사형은 나의 패력혈강장에 당해 중상을 입고 몇 달을 요양
해야 했는데 투귀는 그걸 견뎌낸 것이다.

큰일이다!

종리혜를 보호하기 위해 달려드는 투귀를 피하지 않은 채
패력혈강장을 사용한 것까진 좋았지만, 그 탓에 피가 부족해
져 현기증이 일어나 제대로 서 있을 수가 없었다.

장력을 날리며 소모한 내공은 놀라운 속도로 빠르게 회복
되어 심장 안에 축적되었지만 그에 비해 피는 그렇지 않았던
것이다.

이 상태에서 투귀의 공격이 재차 가해진다면 정말 위험했
다.

생각이 끝나기가 무섭게 투귀는 부러진 쌍도를 버리고 두
주먹을 불끈 움켜쥐더니 권법에 기교를 담아 내질렀다.

이번에도 투귀의 주먹을 피하지 않고 정면에서 받아냈다.

꽈앙!

그야말로 벼락을 얻어맞는 느낌이었다.

안면이 뭉개진 것 같은 고통.

현기증을 넘어서 눈앞의 모든 것이 하얗게 변하며 저승의 문턱까지 다가갔다가 이승으로 되돌아왔다.

차라리 정신이 돌아오지 않는 것이 좋았을지도 몰랐다.

투귀의 주먹은 한 번의 공격으로 끝나는 것이 아니라 끊임없이 쏟아지고 있었다.

단순히 완력에 의지한 공격이 아니라 내가 모르는 권법의 기교가 가미되어 주먹과 발을 포함한 전신을 흉기로 적극 활용하였다.

공격 하나하나가 절명하거나 운이 좋아야 재기 불능에 처할 정도의 치명적인 급소만을 노리고 끝없이 가격했다.

정중선의 급소를 시작으로 사혈과 마혈을 가격하는 것은 기본 중의 기본!

무지막지한 압력이 늑골을 바스러뜨리고 그 안의 내장을 으깨고 다시 전신의 뼈를 조각조각 가루로 만들었다.

"크아아아아!"

나는 뭐라 표현하기 어려운 극통을 느꼈다.

몇 번이고 이승과 죽음의 문턱을 넘나들었지만 그럼에도 죽음에 이르진 않았다.

나의 몸은 파괴되는 것과 동시에 빠른 속도로 본래의 모습으로 회복되었던 것이다.

이럴 거면 차라리 죽어라!

나의 육체야!

그 순간!

머릿속에서 팟! 하고 뭔가가 폭발하며 극통은 사라졌다.

뭐라 표현하기 어려운 황홀경에 들어섰다. 동시에 전신에서 힘이 솟구친다.

나의 머리카락이, 손톱이, 확인할 수는 없지만 눈동자까지 피를 뒤집어쓴 것처럼 붉게 물들었다.

도대체 나의 몸에 무슨 일이 일어난 거지?

이게 말로만 들었던 무아지경은 아니겠고, 혹 깨달음이라는 건가?

환골탈태?

아니, 그런 것과는 뭔가 다른데…….

어쨌든 지금이 바로 반격의 시작이다.

"하압!"

우렁찬 기합성과 함께 혈형마공의 진기를 사용하여 전신의 육체를 강철처럼 만들었다.

절정고수답게 호신강기를 사용하여 나를 신나게 두들기는 투귀를 멀리 날려 버리고 싶었지만 혈형마공의 특성상 그런 짓을 했다간 내가 먼저 출혈 과다로 죽을 것이다.

강철이 된 나의 육체는 더 이상 투귀의 공격에 상처 입지 않았고, 치명상을 당했던 상처는 빠른 속도로 회복되어 정상으로 되돌아갔다.

이것이 바로 혈형마공이 지닌 가공할 힘이었다.

"하압!!"

또 한 번의 기합성과 함께 투귀를 향해 주먹을 내질렀다.

생각 같아선 절정고수답게 뭔가 화려한 기교를 부리고 싶었지만 내공만 절정고수일 뿐 아는 초식은 아주 기초적인 것뿐이었다.

위력은 둘째 치고 화려하다거나 현란함과도 거리가 멀었다.

투귀는 자신의 강인한 육체를 믿고 그대로 내 주먹을 받아내려 했다.

꽈앙!

"크윽!"

투귀는 폭음과 함께 뒤로 삼 장 이상을 내동댕이치듯이 미끄러져 두 바퀴를 더 구른 후에야 겨우 멈추었다.

"쿨럭!"

투귀는 그 자리에서 피를 토하였다.

고통스러운 듯 몸을 가누지도 못한 채 힘겨운 표정을 지으며 말했다.

"네 녀석, 이제 보니 괴물이었군."

투귀의 얼굴에 맹렬히 감돌던 맹수의 흉포함과 전의는 사라지고 처음 보았을 때의 나른함과 피곤함이 제자리를 찾았다.

아무래도 나를 수십, 수백 번을 죽일 듯 두들기면서 패왕삼변진결이 지닌 힘을 전부 소모한 것 같았다.

패왕삼변진결이 일 대 일의 단기 승부에 있어선 그야말로 무적이지만 그만큼 지속성은 놀라울 정도로 짧았던 것이다.

"이래서 천재라는 것들은 짜증나. 혼을 쥐어짜듯 노력해도 이길 수가 없어. 그래서 여동생에게 상관하고 싶지 않았어. 피곤해……."

투귀는 더 이상 움직이지도 못하는 듯 그 자리에 누워버렸다.

이제 막 싸울 준비를 마친 나는 투귀의 행동에 기가 막힌 표정을 지으며 소리쳤다.

"뭐 하는 짓이냐!"

투귀는 아예 눈까지 감으며 말을 이어나갔다.

"내가 졌으니까 죽이든 살리든 네 마음대로 해라."

완전 배 째라는 자세였다.

이 자식, 겨우 한 방에 항복이냐?

그럼 수십, 수백 번을 죽었다가 살아난 나는?

내가 투귀를 이긴 것 같긴 한데 한편으로 느껴지는 이 찜찜

함과 분노는 대체 어쩌란 말이냐!

한편, 혈마와 삼전마도의 싸움도 승패가 결정되었다.

"크카카카카카카!"

혈마가 흉악무쌍한 광소와 함께 나타났다.

혈마는 온통 붉게 물든 피투성이의 손으로 역시 전신의 수많은 상처에 피투성이의 반 시체가 된 삼전마도의 축 늘어진 몸을 투귀의 옆에 쓰레기를 버리듯이 내려놓았다.

혈마는 자신이 던진 삼전마도와 그 옆에 잠자는 듯 누워 있는 투귀를 재미있다는 듯 확인하였다.

"크크크! 너도 이겼구나! 과연 천마지체다! 나의 제자로구나! 잘했다! 정말 잘했구나!"

혈마는 격찬을 아끼지 않았지만 나는 그렇게 기쁘지만은 않았다.

혈마, 나는 당신의 칭찬을 받기 위해서 싸운 건 아니거든.

종리혜를 지키기 위해서라고.

혈마는 패배한 채 누워 있는 두 사제이자 조손을 내려다보며 정말 오만한 어투로 말을 이어나갔다.

"크크크. 뭐가 무적이냐! 처음에 잠깐 반짝이다 꺼지기 직전의 촛불에 지나지 않아. 너희들이 이 몸을 포함해서 나의 제자를 이기려면 천 년은 이른 것이다. 그걸 알아두라고."

"크으! 빌어먹을 놈……."

삼전마도는 혈마에 대한 분노와 원한에 그저 이를 악물며 욕설을 내뱉을 뿐, 그 또한 힘을 다하여 몸을 움직이지는 못하였다.

혈마는 히죽 붉은 혀를 날름거리며 말을 이었다.

"자자! 패배한 똥개들을 어떻게 처리할까? 구워 먹을까, 삶아 먹을까? 아님 생으로 얇게 발라 먹을까?"

혈마의 말에 전신에서 소름이 돋았다.

"설마, 사부님?"

혈마는 역시 혈마였다.

나를 위해 싸워주는 것처럼 보이지만 그건 어디까지나 변덕에 지나지 않았다.

정파의 무림인을 자신에게로 유인하여 갈기갈기 찢어 살해하는 모습을 눈앞에서 보지 않았던가?

피투성이 된 채 누워 있는 삼전마도의 잘려 나간 다리는 다름 아닌 혈마가 저지른 악행이었다.

저 사악하고 잔혹한 살인귀 혈마가 사람을 먹는다고 말하면 절대 농담으로 들리지 않는다.

"카카카! 걱정 마라, 제자야. 인육은 취향이 아니다."

"그럼 죽이실 겁니까?"

"크크. 글쎄?"

나는 순간 종리혜에 대한 생각이 떠올랐다.

이런저런 일이 있긴 했지만 삼전마도와 투귀는 그 아이의 혈육이다.

종리혜를 지키겠다는 문제와 별개로 그 아이의 혈육을 혈마의 손에 죽게 만들 수는 없었다.

나는 조심스럽게 종리혜를 바라보았다.

그녀는 중상을 입은 자신의 할아버지와 그냥 잠을 자는 오빠를 보며 눈물을 글썽거리고 있었다.

여러 가지 의미로 심정이 복잡할 것이다.

한 가지 확실한 것은 저들이 죽는다면 종리혜는 지금보다 더욱더 슬퍼하리라는 것.

종리혜를 위해서라도 내가 어떻게든 해줘야 해. 하지만 저 혈마가 하려는 일을 과연 막을 수 있을까? 어떻게든 최선을 다하면?

아무리 생각해도 이길 수 있을 것 같지 않아.

나의 걱정을 읽은 듯 혈마는 의미심장한 표정을 지으며 말했다.

"걱정 마라. 나는 저 녀석들을 먹거나 죽이지도 않는다. 생각해 보면 이건 그야말로 천운이라고밖에 볼 수 없다. 패왕삼변진결, 나의 혈형마공과 함께 육대마공의 하나로 불리는 그것이 나의 손에 들어온 것이다. 예전에 심연(深淵)에서 얻지

못했던 그것과 합친다면 천마지존 따위는…… . 크하하하하
하!"

웃음을 터뜨린 혈마는 예전에 때려잡은 교룡의 가죽으로
만들었다는 가느다란 밧줄을 가져오더니 삼전마도의 전신을
거미줄처럼 교차하여 결박하였고, 투귀는 그냥 쇠사슬을 사
용하여 묶은 다음 광에 가두고 아직은 몸조리를 해야 하는 사
형에게 둘을 감시하도록 명하였다.

"할아버지와 오빠를 간호하고 싶어요."

마음씨 착한 종리혜가 조심스레 부탁해 보지만 혈마는 일
언지하에 거절해 버렸다.

"안 돼."

"하지만…… ."

종리혜는 눈물을 글썽이며 울먹거렸다.

보통의 사람이라면 불쌍해서 동정심에라도 들어줄 법도
한데 피도 눈물도 없는 혈마에겐 그런 것이 통용되지 않았
다.

혈마는 오히려 종리혜에게 마음에 상처를 줄 말을 내뱉었
다.

"너 같은 살육귀를 가까이 뒀다간 전부 죽어버릴 거야. 그
러면 곤란하지."

"그런!"

종리혜가 혈마의 독설에 큰 충격을 받으며 뒤로 쓰러질 뻔한 것을 내가 겨우 받아내었다. 나는 전신을 벌벌 떨다가 정신을 잃고 쓰러진 종리혜를 그늘에 눕혀놓은 후, 혈마를 향해 다가가며 불만을 터뜨렸다.

"사부님! 말씀이 너무 심한 거 아닙니까?!"

나는 혈마에게 맞을 각오를 하며 소리쳤지만 혈마는 뭔 헛소리를 하느냐는 표정을 지으며 말했다.

"저 아이가 고작 반나절 만에 백 명이 넘는 사람을 죽였다는 사실을 알고 있겠지? 뭐, 나와 비교하면 별거 아닌 숫자지만 지금은 그것과 별개의 문제다."

"그것은, 뭔가 내막이 있거나 잘못된 것이 분명합니다. 착한 아이가 그런 짓을 저지를 리는……."

"없다고? 과연 그럴까? 연옥은 아무나 들어가는 곳이 아니야. 공정성을 위해서 철저하게 조사한 끝에 죄가 인정되어야 들어가는 곳이지. 살육귀라는 것은 숨길 수 없는 진실이다."

"큭! 하지만 심마나 주화입마로 어쩔 수 없이 그런 것이……."

"거 봐라. 위험하잖아. 자신의 의지로 했든 심마나 주화입마에 의한 폭주로 저질렀든, 결론은 사람을 죽이는 위험한 여자라고. 설마 네 사형이 죽는 것을 원하진 않겠지? 너도 조심하는 것이 좋을 거다. 크크크."

"······."

더 이상 달리 뭐라 반박할 말을 찾을 수 없었다.

오직 종리혜를 지키고 도와주고 싶은 마음뿐이었는데 나에겐 그 힘이 부족했다. 젠장!

혈마는 삼전마도에게서 패왕삼변진결을 얻어내지 못했다.

그것엔 두 가지의 이유가 있었다.

첫째, 삼전마도에겐 웬만한 고문 따위는 통하지 않았다.

초절정고수가 되기 위해서는 재능도 재능이지만 오랜 시간 뼈를 깎고 내장의 형태가 뒤바뀔 정도의 가혹한 수련과 그로 인해 파생되는 고통쯤은 기본으로 감수해야 하는 것이다.

나도 점창에서 무공을 배울 때 재능의 한계를 극복하기 위해서 태을 노사님에게 머리 숙여 부탁해 가혹한 수련을 받아본 적이 있어 잘 알고 있었다.

몸을 움직이면서 하는 동공(動功)의 수련이었는데, 나는 전문적인 고문을 받아본 적은 없지만 그 당시에 해왔던 수련을 생각하면 웬만한 고문쯤은 견뎌낼 수 있을 것이라 생각된다.

일 년의 시간 동안 수련에 맞추어 수천, 수만 번 몸과 발을 움직이고 검을 휘두르느라 손바닥이 찢어지고, 새살이 돋기 전에 또다시 검을 수천 번 더 휘둘러서 다시 찢어지는 것은 기본이었다.

손을 단련하기 위한 특수한 수련에 의해 손가락의 손톱이 모조리 빠져 버렸다.

상처가 곪아 썩어버리기 전에 태을 노사님의 비전의 약을 손톱이 빠져 버린 곳에 발랐을 때 느꼈던 고통은 그야말로 풍문으로만 들었던 손톱을 뽑는 고문이 떠올랐다.

그렇게 죽을 고생을 해서 노력한 것에 비하면 내공은 전혀 성장하지 않았고, 초식도 평범한 수준에 지나지 않아 내가 이런 미친 짓을 왜 하는 건가 하고 후회한 적도 많았다.

내가 경험한 정도가 고수가 되기 위한 기초적인 수련에 해당된다.

무공의 경지가 높아질수록 수련의 강도는 더욱 높아지고 고통스러우며, 결국 고통을 고통으로 생각하지 않을 수 있는 정신력을 얻게 된다.

무림인들은 고수일수록 괴짜가 많다.

마도인이야 사악함을 떠나 이상한 사람이 태반이고 정파의 고수들도 뭔가 감정이 결여되어 없는 것 같은 사람들이 많다.

초절정의 경지에 올라서면 뭔가 세상사에 초탈하다고나

할까.

자신의 무공에 관계된 일이 아니면 사문의 일조차 웬만해
서는 관심을 가지지 않는다.

정공이나 마공의 문제를 떠나 너무나도 가혹한 수련 때문
에 그 사람의 정신세계가 이상해지는 것이 분명했다.

삼전마도는 초절정고수가 되기 위해서 가혹한 수련을 거
듭한 끝에 육체적으로 정신적으로 고통에 대한 내성이 생겨
고문이 통하지 않았다.

고문의 정도 이상을 넘어서면 원하는 것을 얻기도 전에 죽
어버리기에 그야말로 본말전도가 될 것이다.

삼전마도를 포기하고 제자이자 손자인 투귀를 고문해서
패왕삼변진결을 얻는 방법도 있지만 그조차도 오랜 시간을
들여서 일단 정신을 무너뜨려야 하는데 혈마에겐 그럴 시간
조차 없었다.

두 번째, 삼전마도를 구하려 만마련에서 수백이 넘는 고수
를 데리고 등장한 것이다.

혈마에게 있어 만마련 따위야 몇 명이 오든 가소롭기 짝이
없었지만 나타난 자들 중에 경시할 수 없는 이도 있었다.

오대마종 서열 삼위 검마와 서열 사위 고루독마였다.

"혈마! 죽기 싫다면 막내를 내놓아라!"

검마는 보는 것만으로도 얼어붙을 듯 차가운 눈동자를 가

진 중년의 미검객으로 혈마를 향해 살기를 내뿜으며 언제라도 발검할 자세를 갖추었다.

"죽인다."

다짜고짜 '죽인다'라고 위협하는 고루독마는 목내이처럼 바짝 마른 남자로 검은색의 수의를 입고 겉으로 드러낸 피부는 천으로 둘둘 감고 있어 정확한 정체를 알 수 없는 괴인이었다.

보는 것만으로도 소름이 돋을 정도로 음산한 귀기를 내뿜는 것이 어딘가 모르게 제자인 정해랑과 닮은 것도 같았다.

자신을 최고라 생각하며 만사를 제 마음대로 행동하는 혈마를 제외한 나머지 오대마종은 천마지존을 중심으로 일종의 의형제였다.

혈마가 천마지존과 싸워 깨지고 지옥에 떨어진 이유가 무고한 양민을 다수 살해한 것도 있었지만 막내인 삼전마도의 다리를 잘라 버렸던 이유가 가장 컸다.

혈마의 무공으로 한 명이라면 모르지만 초절정고수 두 명을 동시에 상대하기엔 역부족.

더구나 몇 가지 조건만 갖추어진다면 오대마종과 대등한 힘과 파괴력을 발휘한다는 사괴(四怪) 전원을 동행하고 있었다.

머리카락보다 가늘지만 질기고 날카로운 은사(銀絲)에 기를 실어 사람을 갈기갈기 찢어 죽일 수 있는 마공을 사용하는 은형사괴(隱形絲怪).

관부의 화약을 다루는 집안의 자손으로 태어나 우연히 얻은 열양의 내공심법과 집안의 화약 기술을 결합해 완성한 마공을 사용하여 마음만 먹으면 반경 백 장을 불바다로 만들어 초토화시킬 수 있는 화염수(火焰手).

먼 옛날 멸문한 만독문 출신으로 주로 식물의 독을 다루는 독인으로 고루독마만 아니었다면 마도제일의 독인이라 불리었을 청면독종(靑面毒種).

마지막으로 모산의 파문 제자로 현실과 환상의 구별이 불가능한 정신계의 술법을 자유자재를 다루는 술사로 이론적으로 절대 불가능하다는 최면을 걸어 스스로 자살하도록 할 수 있는 언변술의 달인 환영마(幻影魔).

천마지존은 중원 정복의 대업을 위해서 수많은 마도고수를 포섭하거나 혹은 무력으로 굴복시켜 자신의 수하로 만들었는데, 사괴 또한 천마지존에게 패배하고 진심으로 굴복하여 만마련에 소속되었다.

천마지존의 밑으로 들어가지 않은 마도인들은 십만대산 안에선 오직 혈마밖에 없을 것이다.

혈마가 검마와 고루독마를 포함한 사괴와 싸워 어떻게 기

적적으로 물리쳤다고 해도 그들 뒤엔 천마지존이라는 마도최
강의 고수가 있었다.

"젠장! 빌어먹을이구나."

혈마는 겉으론 아니라고 하지만 내심으로 천마지존을 무
척이나 두려워하고 있었기에 분한 듯 욕설을 토해내면서 결
국 삼전마도와 투귀를 풀어주는 수밖에 없었다.

종리혜는 이곳에 남지 않고 할아버지와 오빠를 따라가기
로 결정했다.

그 아이는 혈마의 독설에 받았던 충격에서는 벗어난 듯 씩
씩한 표정을 지으며 자신의 뜻을 밝혔다.

"오빠, 그동안 고마웠어요. 역시 저는 떠나는 것이 좋겠어
요."

"가지 마! 내가 지켜줄 테니까."

나는 깜짝 놀라며 떠나려는 종리혜를 붙잡으려 했지만 소
용없었다.

"아니에요."

종리혜는 고개를 내젓고 나를 향해 방긋, 하나 어딘가 모르
게 슬픈 미소를 지으며 말을 이었다.

"저는 정말 위험한 사람이니까요. 오빠를 위해서도…….
저는 오빠를 죽이긴 싫으니까요."

그동안 애써 무시하고 외면해 왔던 진실을 종리혜는 담담하게 내뱉었다.

　내가 혈형마공에 있어 천재였다면 종리혜는 패왕삼변진결에 있어 천고에 타고난 체질이었다.

　원래 남자만이 수련할 수 있다고 알려진 패왕삼변진결인데 마공을 시험해 볼 겸 손녀인 종리혜에게 수련시키자 예상밖의 성과를 얻어낸 것이다.

　그에 대한 반작용으로 정신적인 부작용이 발생하여 종리혜의 인격은 두 개로 나누어졌다.

　평상시의 착하고 귀여운 종리혜,

　패왕삼변진결에 의해 탄생한 흉악무쌍한 살육귀.

　투귀는 패왕삼변진결을 운공할 시 심정적인 변화가 극심하여 마치 맹수로 변신한 것처럼 정신적, 육체적으로 변화하였다.

　종리혜는 육체의 변신은 거의 없지만 마음의 변화는 변심(變心)의 정도를 뛰어넘어 또 다른 인격이 파생된 것이다.

　그것이 살육귀의 정체.

　가장 가까이에 있던 투귀를 단숨에 때려눕히고 초절정고수인 삼전마도조차 따돌리고 거리로 뛰쳐나가 절정고수 한 명을 포함하여 백 명이 넘는 마도고수를 무차별 살해한 괴물 중의 괴물이었다.

"괜찮아! 네가 아무리 위험하다고 해도 나는 절대 죽지 않으니까!"

종리혜의 마음을 돌리기 위해 온갖 애를 썼지만 종리혜는 고개를 내저으며 작별 인사를 남겼을 뿐이다.

"안녕……."

종리혜는 그렇게 내 곁을 떠나가 버렸다.

『마황지존』 제2권에 계속…

은하의 계곡

무천향
武天鄉

허담 新무협 판타지 소설

뿌리를 찾아가는 목동 파소의 여행.
그 여정의 끝에서
검 든 자들의 고향 대무천향 (大武天鄉)을 만난다.

검객 단보, 그는 노래했다.

…모든 검 든 자들의 고향 무천향.
한 초식의 검에 잠든 용이 깨어나고, 또 한 초식의 검에 잠든 바다가 일어나네.
검의 흐름을 따라가다 보면 어느새, 세월도 잊어버리고, 사랑도 잊어버리고,
무공도 잊어버려…….
결국에는 자신조차 잊어버리는…….

은하의 가장 밝은 빛이 되어버린다는
그 무성(武星)들의 대지(大地).

아, 대무천향(大武天鄉)이여!

유행이 아닌 자유추구 -
WWW. chungeoram.com
Book Publishing CHUNGEORAM

유행이 아닌 자유추구 -
WWW.chungeoram.com

Book Publishing CHUNGEORAM

낭왕 狼王

별도 新무협 판타지 소설

살내음 나는 이야기에 여러분은 가슴 졸인 적이 있는가?
남들이 볼까 두려워하며 책을 가리면서 읽었던 구절을 몇 번이나 반복하며
읽은 적이 없는가?

구무협의 향수를 그리워하던 별도가 결국은
〈무협의 르네상스〉를 부르짖으며 직접 자판 앞에 앉았다.

"제가 무협을 쓰기 시작한 이유는 더 이상 읽을 책이 없었기 때문입니다."

모든 일은 4년 전부터 시작되었다.
살인사건을 배경으로 펼쳐지는 음모와 배신, 사랑과 역공작,
그리고 정사!

우리 시대의 이야기꾼, 별도의 새로운 글, 〈낭왕狼王〉!
〈천하무식 유아독존〉, 〈그림자무사〉, 〈검은여우濃心狐狸〉에
이은 그의 또 하나의 역작!